Knüppel aus dem Sack

Das Buch

Polizeiarbeit – ein ehrenwerter Beruf, unser aller Schutzsystem, wie man meinen sollte. Doch wo Licht ist, fällt bekanntlich auch Schatten.
Wolfgang Hochhardt kennt diese Schatten seines Berufsstandes und beschreibt in seinem Buch die ungeschminkte Wahrheit über die verheerende Macht der Exekutive und seinen schier ausweglosen Kampf gegen die Willkür seiner Vorgesetzten und seine letztendliche Existenzvernichtung als Kriminalbeamter.

Ein Sensationscharakter sollte dabei nicht im Vordergrund stehen. Ohne exhibitionistischen Beigeschmack versucht Hochhardt, seine Finger dort in die Wunden zu legen, wo es ihm am allernötigsten erscheint.
Das Buch ist kein schreierischer Enthüllungsbericht, aber auch nicht geprägt von schamhafter Enthaltsamkeit. Und die Problematik ist kein Thema vergangener Zeiten, sondern heute so aktuell wie vor 30 Jahren.

Schon vor der Veröffentlichung polarisierte dieses hochbrisante Thema während Manuskriptlesungen und Podiumsrunden.
Das ist jedoch nicht unbedingt unbeabsichtigt.

Der Autor

Wolfgang Hochhardt wurde 1945 in Marienheide (Ober-bergischer Kreis) geboren, ist Kriminalbeamter im Ruhe-stand und arbeitet heute als Schriftsteller und Liederma-cher in Köln. Als passionierter Lyriker zündet er mit un-verwechselbarer Wortartistik Feuerwerke; seine zweite Liebe gilt den Novellen und der Kurzprosa.

Erst lange Zeit nach seiner frühzeitigen Pensionierung 1978 – Wolfgang Hochhardt war mit 32 Jahren der jüngst pensionierte Kriminalbeamte in Nordrhein-Westfalen – begann er mit der schriftlichen Nachbereitung seiner Po-lizeiarbeit und bewahrte dieses Manuskript jahrelang in der Schublade auf, um es Anfang 2000 – auch auf Drän-gen seines Schriftstellerfreundes Hartmut Jülicher – wie-der hervorzuholen und zu überarbeiten.

Bibliografische Information der Deutschen Bibliothek: Die Deutsche Bibliothek verzeichnet diese Publikation in der Deutschen Nationalbibliografie; detailliert bibliografische Daten sind im Internet unter http://dnb.ddb.de abrufbar.

Impressum:
© 2005 Wolfgang Hochhardt
Knüppel aus dem Sack
Herstellung und Verlag: Books on Demand GmbH, 22848 Norderstedt
ISBN 3-8334-3852-5

*Dieses Buch widme ich Helke, meiner
Lebenspartnerin und Muse, die mich so ganz
einfach und selbstverständlich liebt, die ich liebe
und die mich immer wieder aufgerichtet hat.
Mother Universe wird dich und uns ganz bestimmt
beschützen. Sie hat es mir zugeflüstert.*

Kapitel 1

Ich musste verstehen lernen, Wunden zuzudecken – sie vernarben zu lassen. Es war das reinste Überlebenstraining inmitten der glitzernden und zufriedensatten Scheinwelt: im eindimensionalen Hinterland, wo Sonnenfacetten immer wieder unter Kuratel gestellt wurden.

Mehrere Jahre nach dem Einerleischarmützel setze ich mich hin und überdenke – gleichsam wie in Zeitlupe – die aneinander gereihten Szenen des Untergangs und der Wiedergeburt. Ich sehe die roten Backsteinkasernen vor mir, die noch heute als Symbol stehen für alle Gefühlseinschlüsse, hehren Mannestums und *Brust raus, Bauch rein!* Sie waren zur lieben Heimat geworden für die Phalanx der gleich Gesinnten / gleich Gemachten, für Allgemeinplatzrhetoriker – für das höchst merkwürdig kollektive Ziel, das da Recht und Ordnung heißt. Lang gezogene Kleinkriege, so sah die Zeit meiner Polizeilaufbahn aus ... die Un-Zeit des Blumenzertretens. Der Unterlegene stand schon vorher fest.
Wie naiv doch zu glauben, ich könne meine Gefühle in der Hierarchie der Hoffnungslosigkeit festbinden. Wie naiv auch zu glauben, als Kriminalbeamter die in der Uniformzeit destabilisierten Gefühle endlich in einen *wirklichen* Dienst restauriert einbringen zu können.

Gerade im Zentrum der kriminalpolizeilichen Machenschaften waren sie versammelt: die Selbstzufriedenen und die Augendiener, die stets Überheblichen und Machtbewussten.

Wir waren junge Menschen und wurden zu Zinnsoldaten umgekrempelt, zu Befehlsempfängern und Stehaufmännchen mit stechend klarem Blick. Schnell wie Windhunde ... hart wie Kruppstahl! Ethik und sittliche Wertvorstellungen wurden zur Knüppelethik vereinfacht und gelenkt. Die Ausbilder, diese selbstherrlichen Minipatriarchen, leckten jedes Mal Blut, wenn frische, zu brechende und junge Unbedarfte in die Kasernen einzogen. Ich sehe sie noch vor mir; junge Kollegen, die sich das Leben genommen haben, die zu Seelenverkrüppelten gemacht wurden – um *der Sache willen*.

Eine der nachhaltigsten Menschenverladungen wurde unter der Tarnkappe des Slogans:

> *„Eine harte Ausbildung muss sein; nur so wird dem Gesetz gedient!"*

durchgeführt.

In der Gewaltenteilung hat die Exekutive die unmittelbare Macht, immer ein Todesurteil in Taschenformat parat und den Menschen als Hantierobjekt vor sich, um mit ihm nach Gutdünken machen zu können, wie es gerade beliebt.

Die Exekutive, die sich aus funktionierenden Gleichgemachten rekrutierte und rekrutiert, ist nun einmal das Spürbarste auf der Straße ... in der Öffentlichkeit. Inmitten dieser Macht tummeln sich – so grotesk es auch ist – die Einviertel- bis Halbausgebildeten.

Ein Richter, Staatsanwalt oder Verteidiger, sie alle können nicht erschießen, Knochen brechen, Menschen verkrüppeln oder Existenzen so nachhaltig vernichten wie uniformierte Büttel, die noch nicht einmal die wichtigsten strafprozessualen Voraussetzungen kennen. Wer zu schnell denkt, taugt nichts in den Polizeireihen. Die wahnwitzigen Schleiferideologien ließen noch nicht einmal einen kleinen Funken Hoffnung erglühen ... auf etwas Menschlichkeit und Wärme.

Das ist gleichsam auch heute noch so in den Bereitschaftspolizeiabteilungen und Führungsakademien. Für mich war die Vision einer Umarmungsgesellschaft in weite Ferne gerückt, weil eine natürliche Lebensfreude immer mehr durch Klischeedirektiven beschnitten wurde. Wer die deformierte Polizeinatürlichkeit in Zweifel zog, gehörte dorthin, wo er sich läutern konnte: in die belächelte Zivilisation oder in die Tretmühle eines Disziplinarverfahrens.

Auf den Kasernenhöfen haben wir unsere gefährlichen Trockenübungen absolviert. Hiernach ging (und geht es immer noch) auf den Menschen los...!

Kapitel 2

An diesem Tag wurden uns unzählige Ausbilder, Gruppen-, Zug- und Hundertschaftsführer (die einen mehr, die anderen weniger sterne- und ordensschwanger) vorgestellt. Eine Litanei von Reglementierungen, Pflichten und Rechten, Verhaltensmaßregeln und Ordnungsprinzipien ergoss sich über uns. Es waren vor allem Pflichten, so weit hatte ich bisher verstanden.

Mein Gruppenführer schien mir ein Mann von rechtem Schrot und Korn zu sein: Meister Eisner, ausgestattet mit Rattenaugen und durchdringendem Blick. Ein Mann der Funktion, der die Lebensweisheit „belohnen und bestrafen" sicherlich zu einer seiner Laufbahnmaximen gemacht hatte. Er konnte nichts dazu, er war einfach so. Er *lebte* die ganze Polizei – die Ausbildung. Er betrachtete uns gewandet in Reih' und Glied – als Ganzes.

„Männer …", pflegte er immer zu sagen,

„Männer!" Vielleicht sollte uns die Anrede *Männer* Kraft und Stärke vermitteln, uns ein kommunes Selbstwertgefühl geben: Ein Haufen und nur ein Gedanke, eine Richtung … ein Ziel! Toll und markig.

„Männer! Jawoll! Keine besonderen Vorkommnisse! Guten Tag, Herr Meister! Hände an die Hosennaht! Stehen Sie bequem! Rühren! Hinlegen! Links schwenkt! Marsch, die Augen links! Schützenwechsel! Machen Sie Meldung, Mann! Alles mal herhören! …"

Mein Vokabular schien an Reichtum zu gewinnen, sich zu vervollkommnen. Es war aber das andere, das 08/15 Vokabular, das viele Kollegen unabdingbar (weil zu sehr verwurzelt) in die Zeit *danach* herübergerettet hatten und heute noch zum täglichen Sprachgebrauch stilisieren. Sie leben unter uns, die androiden Ja-Sager, ausgestattet mit der verheerenden Macht des Legalitätsprinzips (Strafverfolgungszwang), der da nach § 163 Strafprozessordnung lautet:

> *„Die Behörden und Beamten des Polizeidienstes haben strafbare Handlungen zu erforschen und zu verfolgen."*

Doch, wer von den Umerzogenen war und ist schon in der Lage, gründlich und auf sich selbst gestellt, strafbare Handlungen alleine zu erkennen?

Im besonderen Teil des Strafgesetzbuches ist von den Delikten die Rede. Es ist eine unumstößliche Tatsache: Wir wurden noch nicht einmal mit der Hälfte aller Delikte vertraut gemacht, folglich konnten wir sie auch nicht erforschen bzw. verfolgen.

Die Frage ist ebenso wichtig wie überflüssig:

> *Wer kann als Polizeibeamter in Sekundenschnelle eine rechtliche Situation erfassen?*

Im Zweifelsfall hat er ja immer noch seine Pistole...!

Mit den Fingern kann man dennoch nicht auf sie zeigen – auf die Verführten; nicht ohne Hinweis auf das Ausgeliefertsein der psychoterroristischen Ausbildung. Ein sauberer Hemdkragen war und ist immer noch wichtiger als eine fundierte Rechtskenntnis.

Es sind auch immer wieder die Unverbesserlichen. Jene, die Kameradschaftsabende peinlich genau terminieren und bei guter Bierlaune von Maschinengewehren, Handgranaten, spanischen Reiterpistolen, von der MP Beretta mit Masseverschluss und Panzerfahrzeugen schwärmen ... mit einem Hochlied auf alles Militärische die eigene Stirn bekränzen und den krönenden Abschluss im Absingen militanter Lieder finden.

Ich kenne viele Kollegen, die in der Vereinigung *Stahlhelm* ihre sittliche Heimat gefunden haben. Sie und ich – wir wurden allesamt auf den Störer, den Feind und dessen Vernichtung getrimmt, ohne Wenn und Aber.

Während der Ausbildung gab es auch – als Alibifunktion – einmal monatlich berufsethischen Unterricht, der zu allem Überfluss und sinnigerweise vom Hundertschaftsführer (natürlich uniformiert) abgehalten wurde. Es war derselbe Hundertschaftsführer, der einen abgerissenen Uniformknopf als ein mittelschweres Verbrechen ansah (und ahndete).

Mir wurde ein circa 12 qm großes Zimmer (Bude) zugewiesen, das ich noch mit drei weiteren Polizeianfängern zu teilen hatte. Die Einrichtung war geradezu von klassisch trostloser Zier: zwei Betten oben, zwei Betten unten, vier Spinde, vier Kegelbahnstühle und ein für die Ewigkeit geschaffener, roh gezimmerter Tisch.

Der eine Kollege, ein Saarländer, beanspruchte sofort wegen seiner enormen Körperfülle ein unteres Bett. Jürgen, der Wormser *Wöschtevertilger,* hatte immer nur den einen Satz drauf, wenn es wieder einmal Stunk auf der Bude gab:

„Heijoo, was macht dess scho!"

Der dritte Kollege war ein Berliner mit der Geburtsortsangabe Eisenach. Er war schon etwas älter und spielte in einer penetrant pingeligen Art den Budenältesten.

Wenn uns die Schleifer einmal nicht so hart rannahmen, was ja nun äußerst selten passierte, dann meinte unser Budenältester, uns drillen zu können, zum Staubwischen auffordern zu müssen oder uns einfach das Quasseln zu verbieten. Er hatte bereits seine Lebensstatik in die Wiege gelegt bekommen ... den Trockenstaub und die Bereitschaft, all das auszuführen, was befehligt wurde.

Wir bildeten schon ein groteskes Viererkollektiv: Manfred, der gutmütige und lethargische Saarländer, Jürgen, der ein gutes Essen als höchstes irdisches Glück ansah, der andere

Manfred, unser Budenältester, ein nervtötender Pedant und ich, der Geschichtenschreiber und Aufmupf.

Die Zeit der Ausbildung (oder besser, des Possenspiels) hatte begonnen.

Zwischengedanken:

> *Wäre es nur das Ärgernis über mich gewesen ... es ginge noch! Doch ich erlebte immer wieder, an Leib und Seele geschunden, die Allmacht des Apparats, der Methodik und der Planspiele; ein Zyklus der in sich geschlossenen Häme und Attacken – bis zum bitteren Epilog.*
>
> *Auf den Kasernenhöfen konnte man sie sehen ... die Uniformen, später bei der Kriminalpolizei nicht mehr. Und doch blieb alles uniform. Maskenhaft erschienen mir die Menschen, die in diesen Anpassungskleidern steckten.*
>
> *Politdespoten, Machtbesessene, Knechter ... für sie alle sind Uniformen unverzichtbare Fetische zur Durchsetzung ihrer Ziele. Da werden Verantwortung und hirnrissige Durchführungen von Befehlen einfach in die Uniform transportiert, wo sie auch stecken bleiben.*
>
> *Es ist ja so einfach: Verurteilt doch den Waffenrock, die Schale, den Deckmantel durchgeführter Schweinereien.*

Mit nichts anderem wird der Oberflä-
chenwert eines Menschen so eindrucks-
voll äußerlich dargestellt wie mit einer U-
Uniform; Köpenickiaden waren und sind an
der Tagesordnung. Wer käme schon auf
die Idee, als Mitglied der Ordonanz den
sternenbehangenen General mit schlich-
tem Namen anzusprechen? Wer ließe sich
als Rangabzeichenträger herab, den Ge-
meinen mit „Herr ..." anzusprechen?
Das geht doch nicht.
Warum geht das eigentlich nicht?
Bei der Polizei wäre so etwas undenkbar.

Wenn ich dabei an unseren inkarnativen
Gottvater – sprich Hundertschaftsführer –
denke, er hätte uns in der Luft zerrissen.
Es lässt mich erschaudern, wenn ich an
all die vielen uniformierten Führer denke,
die einen Intellektuellen liebend gerne in
eine Uniform stecken möchten, um dann
dieses Menschlein wie ein armseliges
Würstchen behandeln zu können. Die Pro-
Uniform-Argumente sind hinlänglich be-
kannt: Die Wiedererkennung (z.B. im
Krieg) muss garantiert sein. Blaue Uni-
form gegen braune Uniform, Rot gegen
Grün, Gut (das sind sie ja alle) gegen Bö-
se.
Was für eine Fiktion: Alle Uniformen wer-
den von Stund an verbrannt. Dann stün-
den sie da ... ihrer Uniformen, die sie zu-

sammenhielt, ledig. Ein Sammelbecken der Gescheiterten, der stromlinienförmigen Rückgrate, der Kriegstreiber und Hilflosen. Doch noch ist zu viel Platz an ihren Röcken für Orden und fabrikmäßig hergestellten Blechauszeichnungen. Wer einmal die Allmacht der Uniform gespürt hat, diese muffige Ausstrahlung, der muss gegen diese Sinnlosigkeit angehen.

Eine Faszination. Welche fantastischen und wundersamen Wandlungen entstehen immer dann beim Uniformträger, wenn er sich vor dem Spiegel dreht und die Macht im stillen Kämmerlein probt?! Es sollte damals eigentlich nur ein kleines Spottgedicht werden, ein humorvoller Sechszeiler, den mein Ausbilder in die Finger bekam:

Als guter Streifenpolizist weiß ich,
wie das Leben ist.
Denn Uniform und weiße Mütze
geben mir die Mannesstütze.
Doch hab ich leider nichts zu sagen,
kann ich nicht mehr mein Grünzeug tragen.

Doch bei den Allgewaltigen, denen es erschreckend an Lachfalten mangelte, stieß ein solches Geschreibsel nicht auf Gegenliebe. Für mich ein erster Schritt in die Desillusion. Aber nicht nur auf mich hatte man sich eingeschossen.

Dort, wo Fast-Pykniker wie Säcke an den Eskaladierwänden hingen und von dienstbeschuhten Schleifern in den Arsch getreten wurden – dabei nicht mit bekannten Ausdrücken aus braunen Zeiten sparten (zur Belustigung der Umstehenden) –, war die ganze Polizeiausbildung auf den Punkt gebracht.

Wie haben sie das doch an den Wochenenden, wenn sie aus der Umklammerung der Bösartigkeiten nach Hause fuhren, ihren Frauen, Bräuten, Freunden oder Eltern erklärt? Sicher haben sie geschwiegen. Ich habe auch geschwiegen. Vierzehn gestohlene Jahre habe ich zu präsentieren. Auch wenn man aus jeder Zeit etwas lernt und in Selbsterkenntnis bereit ist, ein mea culpa zu schlagen, so bleiben dennoch diese Jahre gestohlen.

Und sollten sie mir Demut predigen, dann ist das schon mehr als aberwitzig. Wie haben mir doch die Herren Scheinheiligkeiten bei meiner Zurruhesetzung (versehen mit den Annehmlichkeiten der Pensionsgelder) alles Gute und einen „schönen Lebensabend" gewünscht.

Wohl verstanden:

Ich war gerade 32 Jahre alt und der jüngst pensionierte Kriminalbeamte Nordrhein-Westfalens ... ein höchst verzichtbares Novum.

Ich hatte meinen Kampf gegen Unzulänglichkeiten, Willkür und Grundrecht verletzende Ermittlungen gewonnen. Die Siegprämie: Ein Zuckerbonbon in Form eines Ruhegehaltes, das ich verpflichtet bin, entgegenzunehmen bis zu meinem Dahinscheiden.

Ich war ihnen zu suspekt – ein Ministaatsfeind. Doch gewonnen hat auch das System, die Knochenmaschinerie. Sie waren mich los. Meine Lyrik haben sie gegen mich verwendet, mich mit einem Fragezeichen versehen ... weil ihnen der Inhalt nicht einging.

Die Schamröte wäre mir ins Gesicht gestiegen, wenn ich damals die Versuche, die man an mir vorgenommen hat, publik gemacht hätte.

Wie in der Hochblüte des 1000-jährigen Reiches steckten sie mich in so genannte Sanatorien, ließen meinen IQ überprüfen und machten mich durch gezielt Ehr abschneidende Ermittlungen bei Freunden und Nachbarn unmöglich. Sie sperrten mich zusammen mit Säufern und Fixern ein.

Es war eine Zerbröckelungstaktik der kleinen, aber grausamen Schritte. Bei den polizeidienstärztlichen Untersuchungen tastete man meinen Körper ab, so, als sei er eine exotische Erscheinung. Sie schauten mir reihenweise in den Hintern, betatschten meine Hoden und meinen Penis und gafften mir wie Viehhändler in den Mund. Promovierten Leuten ging es einfach nicht ein, dass ich mich mit den Themen *Geisteskrank, Vierte Dimension, Realapokalypse* usw. befasste. Meine politischen Aktivitäten (Juso-Geschäftsführer u. a.) rundeten dann für sie schlüssig das Vorurteil vom *Nichtganzdichten* ab.

Aber ihre Zerstörungstaktik ist nur zum Teil aufgegangen, weil ich mich später ihrer Methoden bedient habe. Ich kann es nicht mehr ganz nachvollziehen, warum ich das mit mir habe machen lassen. Vielleicht hatte ich aus ohnmächtiger Resignation heraus einfach keine Lust mehr, mich zu wehren. Freunde waren auch nicht mehr in Sicht; sie wollten offenbar nichts mehr mit dem maroden Kriminalbeamten zu tun haben.

Der Energieabfall damals war zu groß. Ich wähnte mich als Windflügelkämpfer auf einem klapprigen Ross. Rosinante war dagegen ein Prachtgaul. Mein damaliger Chef (Leiter der Kriminalpolizei), ein Geradeauscharakter, wie er es immer wieder betonte und es somit auch nötig hatte, gab sich nicht einmal die Mühe, seinen blanken Hass auf mich zu verdecken. Er intrigierte mit allen ihm zur Verfügung stehenden Instrumentarien gegen mich, als sei es seine Lebensaufgabe.

An einer Realschule gab er polizeilichen *Anschauungsunterricht*.

Wie muss er doch aus seinen Kleinbürgernähten geplatzt sein, als mich ein paar Lehrer baten, doch auch Unterricht an dieser Schule zu geben. Das war zu viel für ihn, den Herrscher über circa 30 Kriminalmarionetten. Die Intelligenz und das Vermögen, sich einigermaßen gebildet auszudrücken, meinte er ganz alleine gepachtet zu haben. Und jetzt kam einer daher, der tatsächlich in der Öffentlichkeit anerkannt wurde.

Seit dieser Zeit hatte ich nichts mehr zu lachen...!

Kapitel 3

Das erste Lächerliche war der Aufenthalt in der Kleiderkammer. Natürlich passten die Klamotten vorne und hinten nicht. Der Kleiderkammerbulle, ein abqualifizierter Mann, den man nicht mehr auf die Straße schicken konnte, hatte das Wort wohl von seinem Vater oder seinen 131ern-Kollegen gehört: passt!

Es passte alles. Ein oberbayrischer Kollege, ausgestattet mit einer Preisboxerfigur, erhielt ein viel zu kurzes Leibchen, während ich Unterhemden zugeteilt bekam, die mir bis unter die Kniekehlen reichten.

Es folgten wiederum Tage der Ein- und Unterweisungen:

„Bei uns tanzt keiner aus der Reihe. Sie sind allesamt freiwillig hier, denken Sie daran!"

„In der Bohnensuppe waren Lehmwürmer, sagen Sie? Oh, entschuldigen Sie vielmals, wir lassen Ihnen natürlich ab sofort das Essen von einem Dreisterne-Hotel servieren."

Danach kam der unbarmherzige Anschiss.

Richtig grüßen und gehen konnten wir natürlich noch nicht. Jetzt wurde es uns beigebracht. Die unnatürliche Heranführung der rechten Hand (mit angelegtem Daumen) an das vordere Drittel der Berg- oder Schirmmütze; dabei den Kopf betont unterwürfig ... aber nicht zu abrupt, sondern dezent dienstlich; jedoch den Eindruck erweckend, als wollte man den

Ranghöheren wirklich aufrichtig grüßen. So, als sei es das Erstrebenswerteste aller Zeiten. Dieses Dümmliche und total Überflüssige mussten wir wochenlang lernen.

Dies stand aber nicht nur auf dem Dienstplan; die Schleifer stilisierten tatsächlich diese Mätzchen wahnsinnig hoch.

Es war blanker, tödlicher Ernst! Ich habe mir oft vorgestellt, wie in Kriegszeiten – aber auch davor in den Kasernenklassizitäten – ein ausgelassener Gruß so manch armes Schwein vors Kriegsgericht gebracht haben muss.

Nein, sie hatten nichts dazugelernt.

Übers Essen beschweren – das war ersatzlos gestrichen. Über Ausbilder beschweren – ging auch nicht. Gestelzten Diensteifer an den Tag legen – dann ging es.

In der Waffenkammer wurden uns die Waffen übergeben: ein Schnellfeuergewehr FN mit Gasdruckeinrichtung, eine Pistole *Astra* 7.65 Millimeter und ein Karabiner 98!

Der aus Preußens Gloria stammende K 98 sollte uns zum Griffekloppen dienen. Ansonsten hatten wir ihn sauber zu halten.

Griffekloppen wie um die Jahrhundertwende bei Preußens, das war wichtig und sollte dem späteren Dienst auf der Straße dienen.

Ganz logisch.

Kapitel 4

Die erste Schweinerei bekam ich bei der Judo-Ausbildung mit. Der wohl mit Abstand härteste und sadistischste Ausbilder war ohne Frage Hauptwachtmeister Gramm.

Wir (die Weichlinge) sollten uns in Linie aufstellen. Dann begann Gramm mit seiner Selbstverteidigungsdemonstration – ohne Ankündigung.

Er ließ einen jungen Wachtmeister vortreten und setzte ohne Vorwarnung sein angehebeltes Knie in die Hoden des Bedauernswerten. Ohne einen Laut klappte dieser wie ein Taschenmesser zusammen, während Gramm, ohne auf den am Boden Liegenden zu schauen, uns nun die Erste Hilfe bei einem derart *Verunglückten* erklärte.

Er hob das linke Bein des wie tot Daliegenden an und schlug mit der flachen Innenhand auf dessen Fußsohle. Nach kurzer Zeit kam Leben in den Geschundenen; auch bei uns bildete sich die anfängliche Lähmung über das soeben Erlebte zurück.

Es ging alles so blitzschnell, dass wir uns sprachlos und verwirrt anschauten. Gab es das wirklich? Durfte der das eigentlich? Kurzum: Der Verletzte kam auf die Sanitätsstelle und Gramm ging zur Tagesordnung über. Hodenbruch oder schwere Verletzung?

Wir haben es nie erfahren, weil unser Kollege nie wieder gesehen wurde.

Auf der Gemeinschaftsstube diskutierten wir oft darüber, ob wir Gramm anzeigen sollten.

Alle waren sich im Klaren darüber, dass wir bei der Judo-Ausbildung eine klassische Körperverletzung mit angesehen hatten. Gramm hatte sich offenbar zu sicher gefühlt und bestimmt nicht mit einer Beschwerde gerechnet.

So ließen wir es dabei bewenden. Will sagen, wir unternahmen nichts. Nun ja, die eigene Haut, man weiß ja nicht...

Manch gleich gelagerte Vorfälle hatten mich regelrecht mit Hass erfüllt. Allein, blind dagegen anrennen, das konnte ich nicht. So blieb mir die Erkenntnis, dass ich mich in die Bitternis zu fügen hatte.

Wir jungen Wachtmeister hatten ab und zu auch mal Ausgang. Dort, in der kleinen Freiheit des Dorflebens und in den Kneipen, erlebte ich immer wieder den sich mehr und mehr abzeichnenden Unterschied zwischen den so genannten *normalen* Menschen und uns Kasernierten. Die Dorfjugend saß in fröhlicher und aufgeschlossener Runde, während wir mit unserem – ins Hirn geschossenen – Dienstvokabular so etwas wie Wesen von einem anderen Stern waren.

Nachdem ich bereits drei Monate eingebunden war in der kommutierenden Ja-Sagerei, sollte ein Fest in der Polizeiunterkunft ausgerichtet werden. Wir hatten dabei Ordonanzdienste zu verrichten. Der ganze Mummenschanz hatte den Anstrich einer Feudalfestlichkeit. Wir waren die Requisiteure und gleichzeitig Staffage: grüne Uniformhose, weißes Kellnerhemd.

Wer Pech hatte, der musste den ganzen Abend Gläser spülen oder Brötchen belegen.

Die Platzhirsche, die Generalität (hier die Hundertschaftsführer mit ihren Wasserträgern) saßen mit ausgeprägtem Hohlkreuz auf ihren Vorzugsstühlen. Daneben die unnahbaren Frauen, denen wir die Wünsche von den Lippen ablesen mussten.

Die herausgeputzten Gattinnen genossen es offensichtlich, wenn ihnen von einem dummen Hansel (so wurden wir genannt) der Cocktail gereicht wurde ... worauf sie dann gnädig herablassend dem Lakaien in etwa bedeuteten:

„Gut gemacht, Diener. Nun aber brav und verschwinde!"

Eine schwarze Hautfarbe hätte uns gut gestanden – das Symbol der Unterwürfigkeit. Wir waren ohne Mitspracherecht ausgestattet, wertlose Diener.

Die gänzlich leeren Schulterklappen verliehen uns außerdem eine stigmatische Aura: *Nullen auf zwei Beinen.*

Wenn die Kasernenhonoratioren in den frühen Morgenstunden schwer geladen in Richtung Edelkojen wankten, dann kamen wir ab und zu in den Genuss eines schäkernden Damenblickes. Wir waren dann die jungen, unverbrauchten Genussartikel, mit denen die Eleganz liebend gerne ins Bett gegangen wäre, wenn sie denn nur gedurft hätte.

So aber mussten sie sich mit ihren blutleeren, mit dicken Pickeln auf den Schulterklappen bestückten Temperamentsembryonen bescheiden, die nur noch die Rangabzeichen als Phallussymbol besaßen!

Nach den Gelagen konnten wir immer den Dreck wegfegen und die Überreste verschwinden lassen. Hand- und Spanndienste leisten.

Kapitel 5

Am nächsten Morgen war es dann wieder so weit: schrilles Wecken, während die Zecher wohl tuend und Alkohol abbauend schliefen. Nach dem Frühstück und mit fröhlich aufgesetzter Dienstmiene begann der Unterricht: Staatsbürgerkunde. Uns wurde etwas erzählt von der Würde des Menschen, von Freiheit, Gleichheit und Freizügigkeit.

Wenn der Pauker (natürlich auch uniformiert) ab und zu mal einen von uns zusammenstauchte („...*Was sind Sie eigentlich? Können Sie nicht gerade sitzen? Sie möchten wohl ein paar Runden über den Kasernenhof drehen?*"), dann war uns das schon zur lieben Gewohnheit geworden.

Das war nie und nimmer staatsbürgerliche Kunde; vielmehr hätte der Pauker auch aus dem Bullenbrevier vorlesen können. Geradezu lächerliche Szenen spielten sich im Unterricht ab.

Als ein *Lehrer* einmal einem Kollegen eine Frage stellte, konnte dieser sie nicht sofort exakt beantworten. Daraufhin rannte der *pädagogisch erstklassisch* geschulte Pauker wie ein Derwisch auf den Hansel zu und schrie ihn an:

„Hilfe, Hilfe!" Dann eilte er auf den Flur zu und schrie wie wahnsinnig:

„Sanitäter, Sani, Sani ... ich habe hier einen Bekloppten abzuholen."

Über solche Auftritte haben wir uns dann nur noch kaputtgelacht. Was sollten wir auch anders machen?

Wir wurden unterrichtet in den Fächern Straf- und Strafprozessrecht, Polizeidienstkunde, Verkehrsrecht, Polizei- und Ordnungsrecht und Staatsbürgerkunde. Das Handwerkszeug bzw. Grundwissen waren natürlich Voraussetzungen für den späteren Dienst. Doch das *Wie* der Übermittlung war ebenso hanebüchen wie trocken.

Den Durchblick hatte eigentlich keiner von uns; der theoretische Unterricht war zu sehr eingebunden in die militärische Ausbildung. Die Dienstplangestalter hatten es tatsächlich fertig gebracht, uns keine Zeit zum Atmen zu lassen. Da ging es schon morgens los:

Nach dem Antreten wurden wir wieder auf die Buden gescheucht, mit der Maßgabe, in zehn Minuten (vollständig umgekleidet) auf dem Kasernenhof zu erscheinen. Dann standen sie wieder da, die Schleifer – feixend auf die Schikanen wartend. Wie Hühner auf der Stange wurden wir begutachtet und natürlich allmorgendlich zusammengeschissen. Hier wurde eine Rasur beanstandet, dort eine zu etwas lange Haarsträhne.

Er stand vor mir – immer – der Blutsauger, den ich nie hatte leiden können.

„Na, Hochhardt, wohl wieder gesoffen gestern?"

Dabei wehte mir seine abgestandene Fuselfahne entgegen.

„Damit Sie es ein für alle Mal wissen: Sie sind hier in einer Kaserne und nicht bei den Beatles!"
Dabei hob er auf meine Fassonfrisur ab, die nun wahrlich alles andere als lang oder ungepflegt war. Selbst unter der Flüstertüte (Tschako: ein antiquierter Polizeihelm) wäre meine Haarpracht gänzlich verschwunden.

Die Schleifer hatten immer Recht. Selbst wenn ich mich beschwerte, begründete, argumentierte und sachlich wehrte. Vor ohnmächtiger Wut hätte ich dem Vierkantenkopf liebend gerne meine Faust ins Gesicht gesetzt. Doch darauf wartete er nur ... und so blieb mir immer nur die Wut. Zurück konnte ich nicht mehr, meine Eltern und Freunde hätten es wahrscheinlich nicht verstanden. Also musste ich durchhalten in den Zentren der Gemeinheiten; ich musste weiter kriechen, mich beleidigen lassen von den maroden Kopffüßlern, die schon lange den Hirntod erlitten hatten.
Ich musste weiter unter ihnen vegetieren: Wortartisten mit Stroh geschwängertem Nichts in den Birnen.

Ich habe Kollegen erlebt, die sich in einer nicht zu überbietenden Naivität einigen Schleifern anvertrauten. Diese liehen dann auch – vordergründig interessiert – den Kollegen ihr Ohr, gaben ihnen Recht und versprachen Besserung oder Abhilfe. Dann trugen sie die vertraulichen Worte weiter an ihre Vorgesetzten, so dass die Naiven auf der Schreibstube oder beim Hundertschaftsführer antreten mussten und Verwarnungen und Beschimpfungen um die Ohren geschlagen bekamen.

Kapitel 6

Linnich, vierter Ausbildungsmonat.

Es ging hinaus ins Gelände. Wie froh war ich doch, dass uns keiner von den Anwohnern sehen konnte. Wie die Moorsoldaten stakten wir durch die Linnicher Sümpfe – das Schnellfeuergewehr geschultert.

An der Koppel baumelten der Brotbeutel, Schlagstock, die Magazintaschen und die Pistole *Astra*.

Dann legten sie los, sich ganz in ihrem Element fühlend. Sie jagten uns über Hügel und Sümpfe, über Wiesen und Sand.

Kommandos gellten von links und rechts:

„Hinlegen!"

„Auf, marsch marsch!" Dieser Befehl wurde tatsächlich zwei Mal gebrüllt.

„MG-Feuer von links, Tiefflieger von vorne! Die Hacken runter, du Arschloch, oder willst du dir die Füße abschießen lassen?"

„Fresse nach unten, du Idiot!" …

Der morastige Dreck drang mir in die Augen, in den Mund. Ich lag auf meiner Pistole und auf meinem Gewehr. Die drückten mir tiefe Dellen in den Körper und ich war immer froh, wenn das Kommando: *Auf, marsch marsch!,* gebrüllt wurde.

Einmal trat mir ein Ausbilder von hinten auf die Hacken, so dass mir sogleich ein stechender Schmerz durch die Beine zog. Danach stellte er seinen Fuß in meinen Nacken und ließ ihn dort in aller Seelenruhe stehen, während er sein Körpergewicht auf den Fuß legte.

Beim *Auf*-Kommando verlor ich meine Bergmütze, die in den feuchten Dreckboden fiel. Aufheben durfte ich sie nicht ... wurde aber wiederum angeblafft, weil ich keine Mütze auf dem Kopf trug.

Es ging weiter. Nebelbüchsen wurden geworfen und wir eierten danach orientierungslos in den Nebelwänden umher, mussten nach dem „Störer" suchen – das Gewehr im Anschlag. Immer wieder entluden sich Salven aus den Schnellfeuergewehren, die trotz Übungsmunition äußerst gefährlich waren. Vorne an den Läufen der Gewehre waren Mündungsschoner angebracht, die aber eine zirka 40 Zentimeter lange Stichflamme nicht verhindern konnten.

Ich wundere mich eigentlich heute noch, dass bis auf einen Vorfall nichts weiter passiert ist.

Wir haben kreuz und quer in die Nebelwände hineingeschossen, ohne etwas erkennen zu können.

Einen Kollegen hatte es leider erwischt.

Seine rechte Gesichtshälfte war verbrannt und er wurde mit dem *Sanka* (Sanitätskraftwagen) abtransportiert. Wir haben ihn nie mehr gesehen.

Wir mussten auch Handgranaten werfen (wohlgemerkt: scharfe). Ich kauerte hinter einem Deckungswall und hielt jedes Mal die Handgranate *A* in meinen schweißnassen Händen.

Ich hatte eine panische Angst vor diesen Dingern, denn die Bezeichnung *A* stand für Aufschlagzünder. Wenn sie mir vorzeitig aus den Händen geglitten wäre, dann könnte ich diese Zeilen heute nicht mehr schreiben.

Es ist wohl müßig danach zu fragen, warum ein Polizeibeamter Handgranaten werfen muss. Nachdem wir mehrere Stunden im Dreck gerobbt, gelegen und gelitten hatten, ging es auf die GruKw (Gruppenkampfwagen) und wieder Richtung Kasernen. Natürlich fühlte man sich total abgespannt nach diesen Unnützlichkeiten; gerädert und an Leib und Seele zerzaust.

Es war eigentlich nicht die körperliche Anstrengung, die mich so ärgerte, sondern vor allem die vertanen stoischen Stunden, die zäh dahinsickerten. Ich fühlte mich auch nicht verweichlicht, spielte ich doch aktiv Handball, war Gewichtheber und hatte in der Leichtathletik auch einiges *drauf*.

Ein gesunder Geist in einem gesunden Körper! Das ist zwar nicht die schlechteste Formel ..., wenn auch der Geist im gleichen Maße geschult worden wäre.

Ein Muskel bepackter Körper – das war das polizeiliche Schönheitssymbol, wenn auch die Parität von Geist und Körper stark hinkte.

Als uns die kalten Kasernenwände wieder in ihre Arme nahmen, mussten wir sofort auf die Buden hasten, um dann anschließend zu duschen. Dort, unter den Massenduschen, standen wir und ließen uns von halbwarmen bis kalten Wasserstrahlen berieseln: fünfzig und mehr Kollegen, schweigsam sich den Dreck abwaschend.

Hin und wieder vernahm man aus irgendeiner Ecke *Dieser Sau schieße ich beim nächsten Mal mitten in die Fresse* oder *Das zahle ich dem Schwein heim.*

Immer wieder waren damit die Ausbilder gemeint, die nicht nur während der Geländeübungen in sauberen Uniformen abseits von Dreck und Gestank ihre Kommandos brüllten, sondern regelmäßig einige von uns schwer verletzten.

Nasenbeinbrüche, Arm- und Beinverrenkungen, Platzwunden überall am Körper ... wir hatten es hinzunehmen.

Unsere dreckigen Klamotten mussten am nächsten Tag natürlich wieder blitzen und blinken! Wie? Das war kein Thema für die Schleifergarde.

Nach dem Duschen ging es mit hochroten Köpfen wieder auf die Buden und danach in die Klassenzimmer. Dort stand schon ein uniformierter Pauker bereit, der ungeduldig schrie:

„Was ist denn hier los? Soll ich euch noch beim Anziehen helfen?"

Nun, wir waren natürlich alles andere als hoch motiviert und gleichermaßen gespannt auf das, was da vorne erzählt wurde.

Noch klammnass am ganzen Körper saßen wir auf den harten Bänken und lauschten mit herunterhängenden Lidern der Sabbelei von der Würde des Menschen, von Ethik und staatsbürgerlicher Verantwortung.

Ich glaube, so einigen Kollegen fiel schon gar nicht mehr auf, welchen Widerspruch sie da erlebten.

Gegen Mittag schlichen wir zum Essenfassen. Selbst die Nahrungsaufnahme war mit einem feststehenden militärischen Begriff umschrieben: Essenfassen.

Aber das war ja noch niedlich. Es gab keine Minute des Tages, die nicht durchorganisiert war. Das Regelwerk setzte sich fort. Zwei Stunden Unterricht und anschließend Formalausbildung. Der Tanz begann wieder von vorne:

„Links schwenkt! Auf, marsch marsch! MG-Feuer von links! Passen Sie auf, Sie Armleuchter."

Kapitel 7

Ein Erlebnis während der Formalausbildung ist besonders in mir haften geblieben.

Während einer Zigarettenpause verschwand ein Polizeihansel auf die Latrine. Kurz darauf folgte ihm ein anderer Kollege. Er muss wohl mitbekommen haben, wie sich der Hansel gerade durch Onanie erleichtern wollte.

Der *Onanierer* hatte seit dieser Zeit nichts mehr zu lachen, weil der Kollege, der die Szene mitbekommen hatte, jedem brühwarm vom *Vorfall* erzählte.

Der bedauernswerte Erwischte, der eigentlich nur etwas ganz Natürliches gemacht hatte, wurde fortan von den Kollegen und Schleifern nur noch *Handfick* gerufen. Selbst beim Essenfassen im riesigen Speisesaal – vor hunderten Kollegen – brüllte man ihn schon von Weitem an:

„Gebt dem *Handfick* noch einen Nachschlag, der braucht das dringend."

Von Einfühlungsvermögen war schon lange keine Rede mehr.

Der *Anscheißer* – ein klassischer Macho, der früher auf dem Pütt gearbeitet hatte – war während der Ausbildung schon selbst zum halben Schleifer geworden: Hart im Nehmen und Verteilen. Einige Jahre später war er Hauptdarsteller im Magazin *Stern*. Er hatte (als Polizist) ein merkwürdiges Ruhmesblatt geschrieben. Als Zuhälter, Räuber, Dieb und Körperverletzer.

Mit seiner eigenen Dienstwaffe wurde er in Bochum von seiner Ehefrau erschossen.

Ich freute mich immer riesig auf das Wochenende, um mich in meiner Heimatstadt Gummersbach so etwas wie *Kurzzeit befreien* zu können. Zunächst aber war Freitagnachmittag Stubenkontrolle angesagt. Unser Stubenältester machte dann seine Meldung:

„Stube 32 vollzählig belegt mit vier Mann und bereit zum Stubenappell."

Dann ging es los!

Die messerscharf gezogenen Bettdecken waren natürlich nicht gerade genug und die geordnete Unterwäsche im Spind wurde als nicht ordentlich gefaltet beanstandet.

Die Kontrolleure wussten ganz genau, dass wir auf heißen Kohlen standen. Einige Kollegen waren auf die Züge angewiesen, die sie nach Kiel, München, Hamburg, Saarbrücken usw. bringen sollten.

Wen aber die Schleifer auf dem Kieker hatten, der verpasste hin und wieder seinen Zug.

Kein Stäubchen, keine Flusen – nicht einmal ein Körnchen Dreck war in den Buden zu finden. Und doch brachten es die „Stubenabnehmer" fertig, etwas zu bemäkeln.

Stets wurde ein beliebter und ebenso abgegriffener Trick angewandt: Sie bliesen durch die Schlüssellöcher und beklagten dann *dreckige* Buden, wenn ein wenig Staub herauswirbelte.

Darauf hatten wir uns aber später eingestellt; doch gerade dies ärgerte sie. Wenn nichts mehr half, dann hielt das abgelatschte Profil unserer Dienstschuhe zur Beanstandung her...

Wer von uns absolut nicht einsah, dass seine Bude saumäßig dreckig war, der durfte – bevor er ins Wochenende fuhr – mal eben ein paar Runden über den Kasernenhof drehen, damit die morschen Knochen auch gut in Schwung kamen für die wenigen freien Stunden.

War ich dann glücklich zu Hause, wollten meine Freunde wissen, wie es denn so zugehe bei der Polizei. Ich habe ihnen viel erzählt – nur die Wahrheit nicht; man hätte sie mir eh' nicht geglaubt.

Ein Kollege, der ganz in der Nähe meiner Heimatstadt wohnte, nahm mich in seinem Pkw sonntagabends wieder mit nach Linnich. Wir haben uns nie viel auf der Fahrt erzählt, zu erdrückend war die Stimmung und die Gewissheit, dass wir wieder – aus der Freiheit kommend – in die Tretmühle mussten.

Nachdem ich wieder einmal nach dem Wochenende in die Kaserne einrückte, hatte ich mich um 5 Minuten verspätet. Das war das zweitgrößte Verbrechen (über den Zapfen hauen), gleich nach dem Widersprechen.

Als ich mich klammheimlich in Richtung Stube verdünnisieren wollte – in der Hand noch den Koffer, den Mutter mir mit kleinen Liebenswürdigkeiten und frischer Wäsche gepackt hatte –

erwischte mich der UvD (Unterführer vom Dienst): Meister Seisig!

Ehe ich ihn richtig erkannte, nahm ich schon seine auffällige Schussverletzung war. Er lief mehr auf mich zu als er ging, wutschnaubend und wahnsinnig verärgert, als hätte ich zuvor mit seiner Frau geschlafen oder ihn beraubt.

Zu spät kommen! Das war eine tödliche Beleidigung für ihn. Das war gegen ihn gerichtet ... eine ganz persönliche Seisig-Sache!

„Stehen bleiben!"

Er stand vielleicht 10 Zentimeter vor mir und furzte mich an:

„Natürlich, der Hochhardt, immer der Hochhardt."

Ich war bis dato noch nie zu spät gekommen. Das hielt ihn aber nicht davon ab, den blödsinnigen Satz *Immer der Hochhardt* von sich zu geben.

„Wohl wieder zu lange Gedichte geschrieben, was? Oder konnten Sie sich nicht von den warmen Schenkeln lösen?"

Da war es heraus!

Natürlich war ich ihm zu zart besaitet; ein Schreiberling und demnach ein Quertreiber.

„In drei Minuten sehe ich Sie hier wieder – im Drillichzeug (so eine Art brauner Kampfanzug), Bergmütze, Koppel und K 98."

Jetzt sollte der Weltkriegskarabiner doch noch eine Funktion erhalten.

Als ich wütend aber doch unterdrückt etwas erwidern wollte – etwa *Der Zug hatte Verspä-*

tung oder Ähnliches, schnauzte er mich schon wieder an:

„Das ist ein Befehl!"

Dabei traten ihm beinahe die Halsschlagadern vor.

Mit dem Koffer in der Hand und noch zivil gekleidet musste ich vor ihm strammstehen und vorschriftsmäßig *Kehrt* machen.

Es war eine lächerliche Vorstellung, die er da gab, und doch war alles so tödlich ernsthaft.

Hätte ich an diesem Abend den Befehl nicht ausgeführt, ein Disziplinarverfahren wäre mir sicher gewesen.

Disziplin!

Das war das edelste anzustrebende Ziel in der Polizeiunterkunft. Disziplin nach innen war nicht gefragt; Disziplin innerhalb der Funktion, das war es, darauf kam es an. Eine sachlich vermittelte, notwendige, einzusehende Disziplin galt ganz einfach nicht.

Wenn ich den lächerlichen UvD nach dem Sinn seiner Maßnahme gefragt hätte, wäre eine noch höhere Bestrafung dabei herausgekommen.

Ich hastete in meine Bude und gab mich daran, mich wie befohlen umzuziehen.

Kapitel 8

Ich war mittendrin in den Wachen, den Polizeistationen und Polizeiposten. Es sind weiterhin die Polizeibeamten, die sich scheuen, gegen hoch gestellte Persönlichkeiten vorzugehen, weil sie Angst haben vor deren Anwaltsmacht. Doch woher sollten sie auch Hilfe und Unterstützung erfahren, diese verunsicherten Halbgebildeten?

Diese Beamten wurden allesamt abgewrackt und geformt in den Backsteinkasernen. Hier ist die Brutstätte: die Un-Zucht.

Wer das als Kollege nicht sieht oder gesehen hat, der senkt bewusst seine Augen – der macht sich mitschuldig!

Aber auch das habe ich erlebt:

Vereinzelt sprechen Kollegen hinter vorgehaltener Hand, was ich hier zu Papier bringe. Ich könnte sie nennen, zu Dutzenden.

Gründe für die Taschenfäustler, um nicht darüber zu reden? Familie, Freunde, Gesellschaft ...

Körperverletzungen im Amte, Raub, Diebstahl, Totschlag, Korruption, Intrigen und ständige Grundrechtsverletzungen.

Dies alles ist passiert, geschieht immer noch. Es ist schnörkellose Realität.

Ich habe heute keine Zwänge mehr, darüber zu berichten, obwohl die Rädelsführer davon ausgegangen sind, den Querulanten mit einer Pension mundtot gemacht zu haben.

Ich habe keine Familie mehr – sie hat mit gelitten und ist zerbrochen.

Es gab eine Zeit, da konnte ich nicht über diese Unmenschlichkeiten schreiben. Es wäre eine einzige Hasstirade in Schrift geworden. Hassen kann ich heute nicht mehr, wenn ich auch immer noch meine berechtigte Genugtuung suche.

Vor allem der Kriminalleiter in meiner Wahlbehörde tat sich besonders hervor, wenn es darum ging, meine Existenz und meine Familie zu vernichten.

> *Nicht wahr, Herr Strohhaupt, in all den Jahren wähnten Sie sich vor mir sicher. Sorry, ich lebe noch. Das Kapitel „Kriminalpolizei" habe ich vornehmlich Ihnen gewidmet.*
> *Soweit diese Ankündigung!*

Wenn ich in Mußestunden auf mein arg gebeuteltes Innenleben blicke und mir ab und zu den Satz *War ja eigentlich nicht so schlimm …* vorlüge, dann erinnere ich mich an das erste furchtbare Erlebnis in der Polizeiunterkunft.

Wie aufgescheuchte Hühner sausten die Ranghöheren durch die Kasernen.

Ich konnte mir keinen Reim darauf machen, bis ich erfuhr, dass sich ein Kollege der 16. Hundertschaft das Leben genommen hatte:

durch einen Schuss in den Mund. Irgendwie brachte ich es fertig, in die 16. Hundertschaft zu gelangen (... *ich muss hier einen Tagesbefehl abliefern* ... oder so).

Alles, was ich herausbekam, war, dass sich der junge Wachtmeister aufgrund *privater* Schwierigkeiten erschossen hatte.

Ich hatte ihn ein paar Mal in der Kantine gesehen und den Eindruck gewonnen, als sei er ein nachdenklicher Mensch (ein Weichling, um im Kasernenjargon zu schreiben).

Nun war ja ein *Weichling* immer das Zielobjekt übersteigerter Schikane. Irgendwie keimten Vorwürfe in mir auf: Hätte ich doch mal mit ihm gesprochen...

Eine Schamkondolierung der Sterne-männchen an die Familie, dann war der ganze Zauber vorbei. Die Reste seines Hirns wurden von der Wand gekratzt, ein neuer Wachtmeister bezog die Bude und das Bett des Dahingeschiedenen.

Kapitel 9

Wie sollten die Wachtmeister später einmal Respekt vor dem toten Menschen bekommen? Der Leichnam ist nach dem geltenden Recht eine Sache – zu nichts mehr nütze. Verscharren und dem Wachstum nachjagen, den Tod verdrängen:

Es lebe das Frische, das Funktionierende.

Wenn ich einmal bei vorsichtiger Betrachtung voraussetze, dass die Polizeiführung so etwas wie intelligent ist und hier und dort ein Gefühlslichtlein aufflackert, warum kommt niemand auf den Gedanken, das gesamte monistische System in Frage zu stellen?
Warum werden die Kasernen nicht abgeschafft und damit auch diese ganze verdammte paramilitärische Ausbildung? Die Eskalation scheint aber nicht mehr aufhaltbar. Nein, da wird zu einfachen und bewährten Mitteln gegriffen (*... war ja schon immer* so ...), um den „Feind" zu vernichten. Und wenn die Polizeistärke nicht ausreicht, dann werden ganz einfach mehr Beamte eingestellt. Die Planspieler hatten (und haben) Hochkonjunktur: Im Sandkasten können sie sich austoben.
Es ist doch ganz einfach wahr. Da werden Nachbarn zu Spitzeln gemacht, Bekannte und Freunde zu Denunzianten umgekrempelt.
Der gläserne Mensch muss her – er soll lesbar sein vom Scheitel bis zur Sohle.

Es ist nicht damit zu rechnen, dass die Polizeiausbildung humaner und damit auch gefühlvoller wird. Der einzelne Beamte muss immer mehr gehorchen, immer öfter peinlich genau die Befehle ausführen, damit ein höchst fragwürdiges System am Leben erhalten bleibt.

Gut, in mir mag noch die 68er Aufbruchzeit verwurzelt sein, aber auch die Knüppelerfahrung aus dieser Zeit. Vor allem die systematische Zerstörung meiner Existenz.

Nach diesem Jahr bestand ich meine Prüfung und es konnte losgehen in Richtung Polizeischule für Technik und Verkehr in Essen. Hier sollten wir unsere Dienstführerscheine machen.

Für mich war es allerdings noch nicht so weit; ich hatte mir ein Magengeschwür zugelegt, so dass ich erst einmal für längere Zeit raus war.

Nach wiederholten Untersuchungen kam man zu dem Schluss, dass ich nicht mehr polizeidiensttauglich sei.

Die Entlassung aus dem Dienst war nur noch eine Form. Ein läppisches Dienstleistungszeugnis bekam ich in die Hand gedrückt und dann konnte ich gehen – auf Nimmerwiedersehen. Sie waren mich endlich los.

Auf den Gedanken, mein Magengeschwür behandeln zu lassen, kam keiner dieser hohen Herren. Ich hatte damit zu leben, auch mit meiner Perspektivlosigkeit.

Kapitel 10 *(etwa März 1965)*

Das Gleichheitskastell, die inhumane Ausbildung, die brimborianischen Schreier ... das alles hatte mir ein *Ulcus duodeni*, ein Zwölffingerdarmgeschwür, in den Leib geworfen.
Auch hier fühlte sich selbstredend niemand schuldig. Warum denn also helfen?! Das Geschwür hatte ich zu verantworten, die Entlassung ebenfalls.

Ich unternahm zu dieser Zeit den chancenlosen Versuch, dem Polizeiarzt die Umstände meiner Krankheit zu erklären. Doch sein weißer Kittel war halt auch nur eine Uniform. Ein Militärarzt mit einer sonderbaren Auffassung vom Hippokratischen Eid: Entweder gesund oder krank – ein Mittelding gab es nicht.
Es ist mir aber noch einigermaßen gut gegangen; viele Kollegen konnten nach 9-jähriger Polizeidienstzeit wieder gehen. Das Landesbeamtengesetz lässt so etwas zu.
Erst mit Vollendung des 27. Lebensjahres wird ein Polizeibeamter auf Lebenszeit ernannt. Viele haben in den sauren Apfel der Entlassung (ohne Pensionsberechtigung) beißen müssen.
Die Freiheit (?!) hatte mich wieder.

Während des folgenden Jahres habe ich zahlreiche Ärzte konsultiert. Ein achtwöchiger Krankenhausaufenthalt trug schließlich zur Eintrocknung meines Magengeschwürs bei. Damit hatte ich erreicht, dass mein Magenleiden nicht mehr als chronisch galt.

Das Landesbeamtengesetz unterscheidet zwischen akuten und chronischen Erkrankungen. Wer einmal chronisch erkrankt, der fliegt. Ansprüche auf ärztliche Behandlungen können nicht geltend gemacht werden.

Jetzt begann eine Zeit des Wiedereinstellungspokers. Mein Querulantenruf war mir natürlich schon vorausgeeilt und so tat man sich schwer, mein Magenleiden als akut zu akzeptieren, was ja eine sofortige Wiedereinstellung bewirkt hätte.

Ich war der leibhaftige Rohrkrepierer, den man nicht mehr in die Reihen aufnehmen wollte. Ein Exkommunizierter, der es gewagt hatte, über eine längere Zeit *krank* zu machen.

Man wollte doch auf gar keinen Fall einen derart Geächteten, einen Polizeioutlaw in den Schoß der Siegertypen und Makellosen aufnehmen. Doch mit Hilfe von Ärzten und wirklichen Helfern gelang es mir, wieder in diesen Beruf eingestellt zu werden, mit all seinen anhängenden Kulten und Traditionen.

Diese ganze Farce von Gutachten-Hin-und Hergeschiebe ist hier nur im Zeitraffer beschrieben.

Ich konnte fühlen, wie sie mit allen Mitteln versuchten, mich fern zu halten. Ihre krampfhaften Umschreibungen meines Gesundheitszustandes wirkten einfach nur noch lächerlich. Neutrale Ärzte waren das schon lange nicht mehr – dahinter stand die Kommandozentrale: *Der darf auf keinen Fall mehr zu uns!*

Meine Erwartungshaltung hatte ich ganz unten angesiedelt; das sollte auch gut sein, denn die Zuneigung (!) der Ausbilder und des Hundertschaftsführers war gar nicht oder nur vereinzelt limitiert vorhanden. Schließlich war ich schon zu lange außer Dienst und galt als *Neuer* – eine Bedrohung von außen und ohne Stallgeruch.

So war ich denn wieder ein Polizeibeamter, ein Oberwachtmeister mit zwei Hoffnungsbalken als Rangabzeichen auf den Achselklappen; ein Mensch, der jetzt getrost schon für sich in Anspruch nehmen konnte, die Gerechtigkeit gepachtet zu haben.

Jetzt durfte ich sogar uniformiert in den Wochenendurlaub fahren. Die grüne Uniform, die Stiefelhose und die dazugehörigen Schaftstiefel standen mir ausgezeichnet; das fanden zumindest meine Eltern, Freunde und Bekannten.

Wenn ich in der Folge die Einrichtungen der Polizei nicht im Detail beschreibe (Standort der Schießkinos, Handgranatenwurfstand, Waffenkammer usw.), dann deshalb, weil ich als Ruhestandsbeamter immer noch an das Dienstgeheimnis gebunden bin.

An den „Tagen der offenen Türen" hatten und haben zwar Zivilpersonen Zugang, allein ich muss mich an die Lächerlichkeit der Verschwiegenheit halten, um ihnen nicht einen Grund zu liefern, meine Pensionsgelder zu

streichen. Diese „Bonbons" habe ich mir red-
lich, wenn auch unter wahnsinnigen Repressa-
lien, verdient.

Nein, sie sollen mir bis zu meinem Dahinscheiden zumindest etwas zurückzahlen.

Meine Aufzeichnungen mache ich allerdings ein
paar Dekaden nach meiner aktiven Dienstzeit
(oder ist mein Geschreibsel doch nur ein in einem Sachbuch verpackter Roman?).

Wir, die die Grundausbildung hinter uns gebracht hatten, durften nun ab und zu „einen
mittrinken" in der Schleiferrunde. Aufrechtes
Mannestum war dabei immer noch gefragt:
Stehvermögen und Belastbarkeit in allen Situationen.

Im Suff trat es zutage, mein zartes Ich-
Pflänzchen – beißend und bohrend und gna-
denlos heftig, so dass ich versuchte, es mit
Schlagstock und Knebelkette zu verscheuchen.

Ich wollte unter keinen Umständen wieder auffallen, obwohl das sicherlich der untaugliche
Versuch der Befreiung war.

Fragwürdige Stütze gaben mir dabei meine Kollegen durch Schulterklopfen und starke Allge-
meinplätze.

In stillen Stunden gab ich mich daran, kleine
Geschichten aufzuschreiben ... und doch immer mit der Angst verbunden, ich könne je-
manden mit meiner Schreiberei verletzen. Zu
dumm eigentlich, da meine Schreibergüsse gut

abgeschlossen in meiner Heimatkemenate lagen.

Mein kleines Zimmer zu Hause, das war mein selbst erwähltes Refugium; hier konnte ich mit mir alleine sein, hier rieselte die Seele durch meine Fingerspitzen, hier erhielt meine Skepsis gegenüber den loyalen Aufrechten Nahrung, weil ich abschalten konnte, um mich dem Wesentlichen hinzuwenden – dem Eigentlichen.

In der Polizeiunterkunft gestaltete ich den Einakter mit, der oft künstlich bandagiert vor jahrtausend alter Kulisse ablief – platziert auf niveaulosem Einerlei, angepflockt an Hierarchie und Gefühlphlegma.

Ich stolzierte mittendrin mit aufrechtem Gang und strammer Haltung: unverzichtbarer Eckpfeiler eines reibungslosen Dienstbetriebs.

„… ein Heller und ein Batzen. Auf der Lüneburger Heide. Wenn wir schreiten Seit' an Seit' …“

Es wäre keinem von uns auch nur im Entferntesten eingefallen, bei des Pfarrers Predigten (berufsethischer Unterricht) aufzubegehren. Da vermittelte er uns antiquiertes Altes Testament in Klippschülergleichnissen mit dem Hintergedanken, uns zu gottesfürchtigen Männern zu erziehen.

Sein ständiges Credo auf die Zehn Gebote und der Hinweis auf die Gesundheitsgefährdung beim Onanieren gingen mir schon bald auf die Nerven. Widerspruch war auch hier unangebracht, zumal die Aufmerksamkeit im berufsethischen Unterricht benotet wurde und Teil der Gesamtbeurteilung war.

Der Pfaffe verdammte stets die Zügellosigkeit der heutigen Zeit, die sexuelle Disziplin, die – Gott sei's geklagt – viel zu wünschen übrig lasse.

Die Bereitschaftspolizeijahre nach der Grundausbildung waren eigentlich reine Beschäftigungsjahre ohne großen Lern- bzw. Lehrgehalt. Der Kasernenton beherrschte nach wie vor die Szene: Schlauchbootpflege und Stubenreinigung, Küchendienst und Pontonbrückenbau; daneben in einschlägigen Bullenlokalen das unvermeidliche Vögeln mit denselben Nutten – tausend Mal benutzt und immer wieder herausgeputzt mit zentimeterdicker Kosmetik.

Mit blutunterlaufenen Augen stand er immer da, der Spieß beim Morgenappell. Sein schöngewichstes Koppel mit der Inschrift am Koppelschloss *Gott mit uns* trug er mit Stolz und Würde. Das Koppel war ein Relikt aus dem Zweiten Weltkrieg und in keiner Kleiderordnung erwähnt, doch man ließ ihm seine Bluterinnerung, die ihm offenbar als Rückgratstärkung diente.

Auch hier war die Kleiderkontrolle an der Tagesordnung. Auszusetzen gab es immer wieder etwas. Es ging ja auch im Grunde gar nicht darum, dass wir nun bis ins Kleinste ordnungsgemäß gekleidet waren; die Beanstandungsquote musste gehalten werden – das war das ganze Geheimnis.

Nun, bald machten mir seine Reden nichts mehr aus. Seine wiederkehrenden Sprüche, die er sicherlich aus dem Dritten Reich bis in die demokratisierte Zeit – die er wahrscheinlich hasste, wie die Pest – hinübergerettet hatte. Ein Relikt glorreicher Zeiten. Ein 131er halt! 131er oder auch 12ender genannt, waren besonders an den Endsieg glaubende Landser-Ausbilder in den letzten Tagen des Zweiten Weltkriegs.

Leider hatte der arme Teufel nicht mehr die Befugnis, einen von uns standrechtlich zu erschießen, wenn sein Befehl nicht ausgeführt wurde. Hinter dem Spieß, genau die Hackordnung einhaltend, stand er – der Hundertschaftsführer.

Im Wesentlichen wiederholte er den gleichen Nonsens wie sein Spieß. Selbstgefällig wie immer sah er abwechselnd mitleidig oder auch aufgesetzt drohend aus seinen kleinen Schweinsäugelchen zu uns herüber.

Schweinebacke wurde er flüsternd von uns genannt. Doch der mit diesem Ausdruck Bedachte wusste natürlich um seinen Spottnamen.

Wenn ab und zu ganz leise das Wort *Schweinebacke* aus den angetretenen Reihen oder Linien zu hören war, so war es für uns an der Zeit, noch strammer zu stehen. Dabei machte unserem Hundertschaftsführer das Wort überhaupt nichts mehr aus; eigentlich war er gutmütig, fast lieb. Seine Lakaien waren es, die uns traben und laufen ließen, wenn die Beleidigung aus dem Haufen kam:

„... hinlegen ... im Schritt ... MG-Feuer von vorne ... auf, auf ... marsch, marsch ...“ Kommandos knallten über den Kasernenhof; phonetisch hatten wir nie Schwierigkeiten, alles hatte seinen Sinn und Zweck.

Ein alt gedienter Ausbilder, ein rechter Haudegen, tat sich an den Kameradschaftsabenden besonders hervor. Alte Kriegskameraden waren nicht zugegen – dessen konnte er sich sicher sein – und so konnte er richtig loslegen. Mit zunehmendem Alkoholgenuss wuchs er beim Erzählen über sich hinaus:

„... nur noch drei Mann auf Vorposten, keine Sau in der Nähe und dann hörten wir den I-wan. Wir waren nach hinten abgeschnitten und nur noch auf uns alleine gestellt. Weiter rechts, kurz vor uns, lauerten Scharfschützen in den Bäumen, das war uns klar. Handeln hieß nun die Devise. Bevor wir uns vom Iwan aufreiben ließen, hatten wir auch schon einen Plan. Herbert fegte mit seiner MP die Scharfschützen von den Bäumen, die sogleich wie reife Pflaumen auf dem Waldboden landeten, während wir zwei-drei Handgranaten ins MG-Nest warfen. Der Rest wurde mit der MP erledigt. Aus und Ruhe.“ Seine Wangen glühten und er kam beim Erzählen jedes Mal mehr in Rage. Manchmal ging er sogar so weit, durch Fuchteln mit der Dienstpistole die Glaubwürdigkeit seiner Erzählungen zu unterstreichen.

Was mir schon zu dieser Zeit auffiel, war die Bereitschaft einiger Kollegen, vorbehaltlos alles zu glauben, was der Haudegen erzählte. Eine gefährliche Bereitschaft – juckte es ihnen doch seit geraumer Zeit in den Fingern, die erlernten Fähig- und Fertigkeiten beim Waffenunterricht und beim Dienstschießen auch einmal in der Praxis umzusetzen. Trockenübungen waren halt auf die Dauer zu fad und langweilig!

In den Waffenkammern lagerten Maschinengewehre – versehen mit Hakenkreuzen auf den Schlössern – Maschinenpistolen und Handgranaten, verschiedene Arten von Pistolen, Schnellfeuergewehre und Schlaggegenstände. Hinten, vor den Pkw- und Lkw-Hallen, standen die Sonderfahrzeuge und Wasserwerfer.

Nein, das war nicht mehr paramilitärisch, das war Kriegsgerät edelster Güte. Diese Waffen- und Fuhrparks machten die Ausbilder erst lebensfähig, atmungsaktiv und erhaben.

Der eiskalte, matt schimmernde Stahl eines MG-Laufs war und ist für die Militanten ein Schönheitssymbol – ein Ersatz für wirkliche Lebensfreude.

So wie meinen Kollegen *Handfick* in Linnich gab es auch hier in Bochum – in der 8. Hundertschaft – einen mit täglichem Hohn überschütteten jungen Wachtmeister.

Seine Mimik, Gestik und Sprache verrieten feminine Züge. Das reichte schon, um ihn als Memme zu bezeichnen.

Er war sicherlich schwul ... und das war (zumindest 1966) nicht zu dulden in den Reihen der Polizei. Überdies verfügte er über eine seltene Sopranstimme.

Abends nach Dienstschluss trällerte er in schrillen Tönen seine Arien, dass es einem den Rücken in Falten legte. Vom einen zum anderen Kasernenkomplex vernahm man seine Galavorstellungen. Einigen Kollegen und mir machte das nichts aus, er war halt so.

Ich wunderte mich, dass er außer mit dem Spitznamen *Caruso* nicht noch mit weiteren Schimpfattributen bedacht wurde.

Caruso ging immer alleine zum Essenfassen, Freunde hatte er nicht. Die Kollegen wären ja möglicherweise in den Verdacht geraten, eine solche Memme zu akzeptieren bzw. homosexuell zu sein. Natürlich verdächtigte man ihn unverhohlen der Homosexualität. Hätte man ihn bei einer unzweideutigen Handlung mit einem Kollegen erwischt, dann wären beide geflogen.

Eines Tages war *Caruso* plötzlich nicht mehr da. Er war ganz einfach weg.

Noch mehrere Wochen hielt sich das Gerücht, *Caruso* habe sich während des Wochenendurlaubs erhängt.

Ich wusste was es bedeutete, abseits zu stehen, nur mit dem Unterschied, dass ich nach Meinung der Oberen einen Sprung in der Schüssel hatte. Die Majoritäten lagen halt auf dem Natürlichen – auf dem Antisentimentalen.

Dümmliche Fließbandwitzerzähler waren gefragt; sie waren die wirklichen Humoristen.

Ja, darüber konnte man lachen; preußisch und markerschütternd. Oftmals erschien es mir, als ob in ihrem Lachen ein reglementierter Unterton mitschwingen würde: drei Mal kurz ... ha, ha, ha! Es klang dann wie Hurra!

Wie soll ich sie beschreiben? Es waren keine reinen Kopfmenschen, aber auch keine Figuren, die aus dem Bauch lebten; keine Gefühllosen (zumindest einige unter ihnen nicht). Es waren ganz einfach militarisierte Mutanten, unvergleichlich und nur für einen Zweck lebend.

In der 8. Hundertschaft war die Krad-Staffel untergebracht. Da gab es wenigstens einmal eine Abwechslung vom Alltagseinerlei – für meine Kollegen. Gewöhnungsfahrten bis weit hinein in die Eifel wurden unternommen ... doch leider durfte ich nicht mitfahren. Der Staffelleiter, Kommissar Sempron, wollte mich nicht in seinem Haufen haben; er lehnte mich einfach ab. Vor versammelter Mannschaft gab er bekannt:

„Den könnte ihr haben, den will ich nicht. Macht mit dem, was ihr wollt. Ich schenke ihn euch." Gemeint war der Notstandszug. Ich hatte diesen Mann noch nie zuvor gesehen. Alleine

57

meine Dienstausfallzeiten (für ihn galt ich als Hypochonder) genügten ihm, um mich wie eine ansteckende Krankheit abzulehnen. Er wollte nur Gesunde und Intakte um sich herum versammelt wissen.

Fürsprecher hatte ich nicht; also wurde ich in den Notstandszug eingegliedert. Wenn wir an die Emscher oder Ruhr ausrückten, dann schleppten wir allerlei Gerät mit uns herum. Wir mussten Bäume fällen, Pontonbrücken bauen und wie die Pioniere bei der Bundeswehr arbeiten.

Für mich bedeutete das absolutes Neuland und extreme Knochenarbeit für meine *Pennälergriffel* – so wurden meine Hände liebenswürdig genannt.

Ich gab mir trotz harter Anforderungen wirklich Mühe, schließlich war und ist körperliche Arbeit bekanntlich nicht das Schlechteste. Wenn ich verloren – mit der Motorsäge in der Hand – dastand und mir alle Mühe gab, einen Baum zu fällen, dann waren die Ausbilderblicke stets auf mich gerichtet. Ich bin x-mal beim Brückenbauen in die Kloake, die da Emscher hieß, hineingefallen.

Für mich bedeutete das Aufstellen eines Mannschaftszeltes immer ein Lotteriespiel. Manchmal kam es sogar vor, dass ich Glück hatte; es war eine verdammte Schinderei.

Ich war es inzwischen gewohnt, mir eine körperliche Verwarnung abzuholen. Ein alternder

Boxer und Ausbilder, der die letzte Runde schon längst hinter sich gebracht hatte, bedeutete mir:

„Komm her und hol' dir einen *Probeschlag* ab." Vielleicht meinte er das sogar nett und freundlich. Dann knallte er mir eine Gerade auf die Brust, so dass ich regelrecht Sterne sah und minutenlang nach Luft schnappte.

Einen netten Spruch hatte er auch immer auf Lager:

„Die alte Luft muss raus."

Nein, der Boxer mit den breiten Schultern und der gedrungenen Figur konnte nichts dafür. Er war sicherlich noch der Netteste von allen. Sein Hirn war eben durch die vielen Schläge im Boxring etwas einkariert.

Nach mehreren Monaten hatte ich mich bereits an die Schufterei gewöhnt. Zumindest die Arbeit in diesem Notstandszug war für mich begründbar: Sie war wirklich wichtig. Ein Jahr zuvor kam es in Hamburg zu einer verheerenden Hochwasserkatastrophe, wobei auch unser Notstandszug in die Rettungs- und Bergungsarbeiten einbezogen war. Das war reiner Dienst an Menschen – von Menschen, die noch mehr hätten bewirken können, ohne diesen Überdrill und den nervtötenden Formalausbildungskrampf. Das war absolut keine Bereitschaftspolizeilogistik mehr, wie sie in den Richtlinien des Innenministers manifestiert war.

Ich will nicht in Abrede stellen, dass ein gut eingespieltes Team am effektivsten operieren kann und dass ein ständiges Üben für den Notfall einfach sein muss.

Geformte kritiklose Ja-Sager jedoch, die alles andere als für den helfenden Dienst sensibilisiert wurden, konnten nicht die volle Einsatzbereitschaft zeigen und bringen.

Wer auf den Gruppenwagen auf der Fahrt zum Einsatzort von Ausbildern regelrecht zusammengeschissen wurde, wenn er nicht „grade" saß, und dann hinterher im Einsatz wildfremden Menschen mit tröstenden Worten und helfender Hand ihre Lage zu erleichtern versuchte, der musste schon sehr viel Selbstdisziplin und eine gehörige Portion Energie aufbringen.

Ich war nicht er Einzige, auf den man es abgesehen hatte. Kollege Schnellenbeil stellte ebenfalls ein Angriffsziel aufgrund seiner (wie sie meinten) übergroßen Fresse dar.

Er hatte insbesonders unter diesem Krad-Sempron zu leiden. Bis aufs Blut peinigten sie ihn bei der Formalausbildung.

Schnellenbeil konnte es niemandem recht machen. Was er auch anstellte und wie er sich auch verhielt – es war alles hoffnungslos falsch. Wir bewohnten zusammen eine Bude und er erzählte mir – immer laut schimpfend – von den Schleiferabartigkeiten.

Eines Tages war wiederum ein Kamerad-schaftsabend angesagt. Diese Bier-Festivitäten fanden stets in den Kellerräumen der 8. Hundertschaft statt.

Es lief ab wie immer: Halb- oder sturzbesoffen wollten uns die Ausbilder läutern – uns ihre Weisheiten verkaufen.

„Mann, seien Sie doch nicht so dumm. Stehen Sie Ihren Mann."

„Wir sitzen alle hier in einem Boot, das ist doch klar."

„Warum müssen Sie denn gegen alles anstinken? Das machen wir doch auch nicht?!"

„Männer, gegossen wie aus einem Stahl, die brauchen wir! Mann!"

Dabei stampften sie mit ihren Schaftstiefeln fest und markig auf den Kellerboden. Dann erhoben sie zackig ihre Gläser mit angewinkelten Ellbogen und stürzten ein Bier nach dem anderen hinunter.

Legales Saufen nannten sie ihre Trinkorgien.

Ich sehe den Krad-Sempron noch an der Wand lehnen, das Bierglas lässig in der Hand. In seinem spitzen Raubvogelgesicht formierten sich Arroganz, Überheblichkeit und eine Aura von *Wehtunwollen* – ein ganz übler, mieser Scheißkerl.

Ich bemerkte, wie sich mein Kollege Schnellenbeil bewusst voll laufen ließ und immer wieder zu Sempron schielte.

Dann passierte es!

Plötzlich rannte Schnellenbeil auf Sempron los und trat ihn mit voller Wucht und der ganzen, aufgestauten, Wut in den Unterleib. Sempron gurgelte nur noch, glotzte uns dämlich und sprachlos an, rutschte dann – fast wie in Zeitlupe – an der Wand hinunter auf den Boden und blieb still liegen. Das Bierglas war schon längst seiner Hand entglitten.

Sofort hatte man Schnellenbeil im Griff und setzte ihn zunächst auf einen Stuhl. Dann kümmerte man sich um den Verletzten, der wie tot dalag. Er tat mir leid ... der Kollege Schnellenbeil.

Ich habe Sempron monatelang nicht mehr gesehen. Sicherlich war er vorerst, was den Beischlaf anging, auf das Abstellgleis geschoben.

Ich muss zugeben, es tat mir gut, den verhassten Krad-Führer dort am Boden liegen zu sehen. Es war eine erquickende Genugtuung. Natürlich durften wir an diesem Abend nicht lachen.

Einige Kollegen packten widerwillig den *endlich* Verletzten und trugen ihn auf die Sanitätsstelle. Der Kollege Schnellenbeil hat diesen Akt der Rache teuer bezahlen müssen: Er wurde aus dem Dienst entfernt.

Während meiner Zugehörigkeit zur Bereitschaftspolizei hatte sich wiederum ein Kollege erschossen. Eine natürliche Verschleißerscheinung: verscharren, kondolieren, vergessen, Schwamm drüber ... private Probleme usw.

Ich brachte die Zeit mit Ach und Krach hinter mich. Vielleicht habe ich auch Vaters Rat befolgt:

„Stell dich ins hintere Glied, fall bloß nicht auf!"

Auch, wenn ich nicht auffallen wollte, so konnte ich doch den Triezereien nicht immer entgehen. Man hätte den ganzen Ausbildungswirrwarr auch mit Leichtigkeit um die Hälfte der Zeit reduzieren können; zu viel Zeit ist draufgegangen mit Formalausbildung, Gammeln in Schlauchbooten und Ordonanzdiensten.

Ich konnte diese Zeit allerdings um ein paar Nuancen leichter ertragen als die Grundausbildung.

Beginn meines Einzeldienstes in Chormagen 1967

Ich war so voller Neugierde und spannungsge-
laden wie ein Kind, das vor einem unausge-
packten Geschenk steht. Jetzt konnte ich mich
abrollen von dem Sägebock der Ausbildung
und auf den Boden des Offenbarungszentrums
fallen.
Die oftmals geflickte Lebensader sollte an Härte
und Stabilität gewinnen; die Apparatschicks
und Radikalinskis konnten mich nun nicht
mehr erreichen.
Dort, wo Worthülsen und moralisches Vakuum
einmal an Boden gewonnen hatten, sollten
Sonnenblumen und Vergissmeinnicht sprießen.
Jetzt zirkulierte das Eigentliche; mein Herz bildete nicht mehr das Ziel der Offensiven ... es
würde allzeit inkorrupt bleiben. Das Böse hatte
die Konturen verloren, der Antimensch sein
Profil. Abwärts – geradeaus – nach oben. Das
war meine wahre Lebensstrategie. Mein Wolf-
gang-Weg. Ich wollte, seelisch angerundet, Bot-
schaften vermitteln, ein Freund und Helfer sein
(von dem ich immer wieder gelesen hatte).
Wenn ich in den Spiegel schaute, mir ein fri-
sches Gesicht entgegen lächelte und meine
Seele durch die Augen Blumen wachsen ließ,
das Mysteriöse, das da Erwartung, Hoffnung
und Liebe hieß, in mir Platz gegriffen hatte,
dann meinte ich, über die Summe aller Er-

kenntnisse verfügen zu können ... dann war das eine gute Konstellation.

Mein künftiges Leben sollte nicht mehr mit Tränentinte geschrieben werden; der Trivialität brauchte ich fortan keinen Tribut mehr zu zollen. Die Herren Unzulänglichkeiten waren weit, weit weg und konnten nicht mehr nach mir grabschen.

Nun war es also so weit!

Der Einzeldienst (so wird der tägliche Streifen- und Wachdienst genannt) begann. Ich war nun *wer* – einer, zu dem man aufschauen konnte. Nicht nur ein vollwertiges Mitglied der Gesellschaft ... nein, beileibe nicht. Jetzt durfte ich täglich im Dienst und im privaten Bereich eine Dienstpistole tragen. Menschen wurden von nun an in Straftäter und so genannte gesetzestreue Bürger eingestuft, wobei ich gelernt hatte, auch die anständigsten Mitglieder der Gesellschaft kritisch zu beäugeln. Das war uns nachhaltig eingebläut worden.

Nun, es konnte ja sein, dass sie ihre Anständigkeit nur nach außen hin zeigten, im Innersten aber geradezu klassische Gesetzesbrecher waren – ja, sein mussten. Sie waren es bestimmt.

In Chormagen trat ich meinen Dienst an. Normalerweise eine Dienststelle, an die man nur strafversetzte Beamte hinbeorderte. Die Chormagener Polizisten waren bekannt als Schläger und Säufer; hier wurde geprügelt nach Strich und Faden.

Ich sollte einer von ihnen werden, aber nur eine Zeit lang. Jetzt zitterte ich dem Abenteuer entgegen, jetzt konnte ich mein ganzes Erlebtes umsetzen in Hilfe für den Bürger, meinem rechtlichen Auftrag folgen. Abseits von rauchigen Bullenlokalen mit ihrem penetranten Frikadellen-Tango.

Leben *pur* wollte ich spüren, ohne devote Ja-Sagerei. Harlekinaden und Kasernenhumoresken hatten nun ein Ende. Doch meine natürlichen und geplanten Gefühlswege sollten geradewegs wieder auf einem Müllabladeplatz enden: ein Exkurs in die Leidenschaftslosigkeit und Verbeamtentum ... in die wahre Knüppelwelt.

An der Weggabelung gab es nur eine Richtung, die ich einschlagen konnte. Ich wanderte mitten hinein in den zusammen gewürfelten Haufen von Korrupten, Blaulichterotikern, Ballermännern, Edelsäufern, Hurenhengsten und Resterscheinungen von Kasernata.

Ich bezog eine fensterlose Bude in Chormagen, 15 qm klein. Für das Jahr 1967 war der Mietzins in Höhe von 80 DM ein stolzer Preis.

Nach der ganzen Einweisungszeremonie war ich nun ein Streifenpolizist, der in Schichten seinen Dienst zu verrichten hatte. Gleich zu Anfang verriet mir ein altgedienter Kollege, dass die Resopaltheke der Wache innerhalb von 6

Monaten vier Mal erneuert werden musste; es ginge schon mal *rund* auf der Wache.

Das Erste, was ich lernte, war die allabendliche Verpflegungseinholung bei Ferdi, dem Gastwirt und Imbissstubenbetreiber. Zunächst wurde bei Ferdi angerufen und eine Bestellung durchgegeben. Das sah dann immer in etwa so aus:

„Mach mal Folgendes fertig: drei halbe Hähnchen, zwei Mal Currywurst mit Fritten, drei Flaschen Cola und vier Mal Salat. Wir kommen in einer Stunde alles abholen."

Jetzt wurde ich unterwiesen in der Zahlungsabwicklung:

„Also, du holst das Fresspaket ab und bezahlst mit 10 Mark, damit keiner im Lokal was merkt. Ferdi gibt dir dann die 10 Mark als Wechselgeld wieder. Alles klar?"

Vollkommen klar. Das war ja auch ganz einfach.

Das war also der berühmte *Polizisten-Gummigroschen*, von dem ich schon gehört hatte.

Wollte ich heute alles hochrechnen, so würden die Hähnchen, Schnitzel und alles andere vom Volumen her in keinen Streifenwagen mehr passen.

Die einzige Gegenleistung bestand darin, an Ferdis Lokal schamhaft vorbeizufahren, wenn er wieder einmal die Sperrstunde in eigener Zuständigkeit verlängerte. Wir wussten zu genau, dass oft bin in die frühen Morgenstunden hinein in diesem Lokal gepokert wurde, was das Zeug hielt.

Habe ich mich dagegen aufgelehnt? Nein, es wurde ja fast zur Gewohnheit und – es tat niemandem weh! Außerdem brachte es den Vorteil mit sich, dass ich mir im Spätdienst keine Butterbrote zu schmieren brauchte.

Es war an einem Samstag, als wieder einmal die Wirtin eines anrüchigen Lokals anrief, und um Schutz und Hilfe nachsuchte. Ein Gast wolle trotz mehrmaliger Aufforderung einfach nicht das Lokal verlassen. Für meinen Kollegen und mich eine Routineangelegenheit.

Also: Schlagstock in den Ärmel gleiten lassen (damit er schnell zur Hand war) und dann fuhren wir los. Als wir in den vernebelten Schankraum eintraten, standen da, wie immer, die Halb- und Ganzbesoffenen, die sich nur allzu gerne das Geld aus der Tasche luchsen ließen, weil Carmen, die Wirtin, sich stets *freizügig* zeigte. Eine frivole Handbewegung von ihr, ein lüsterner Blick, und schon war ihr wieder ein Asbach-Cola sicher.

Die ewig gleichen Gesichter der Thekensteher glotzten uns wie immer an ... niemand wagte es, uns zu beleidigen. Dazu waren die Chormagener Bullen zu sehr als scharf und unnachgiebig bekannt.

Carmen führte uns zu dem hartnäckigen Zecher, der sich an einem Treppengeländer fest hielt. Mit glasigem Blick hielt er seine Hände ineinander gekrallt und lallte uns an:

„... und hier kriegt mich kein Schwein mehr weg. Erst will ich mein Geld wiederhaben."

Nun, da wir keine Richter waren, brauchten wir uns auch nicht um den rechtlichen Gehalt zu kümmern. Carmen hatte dem Zecher sicherlich das Geld aus der Tasche *getrunken*. Sie war auch dafür bekannt, je nach Fortschritt der Gästetrunkenheit, zwei, drei und mehr Striche auf das Dokument „Bierdeckel" zu malen, als der Gast tatsächlich getrunken hatte. Gedanken brauchten wir uns allerdings in diesem Moment nicht zu machen.

Carmen hatte dem Betrunkenen Hausverbot erteilt, und wir Büttel konnten nun den Dreck wegfegen. Mit zwei Sätzen machten wir ihm also klar, dass er das Lokal zu verlassen habe.

Er machte allerdings keine Anstalten sich zu erheben, sondern klammerte sich immer fester an das Geländerholz. Nun ging alles blitzschnell.

Alfons, mein Kollege, ließ den Schlagstock (Hartgummi) in die rechte Hand gleiten und schlug dem Zecher auf den Unterarm.

Keine Regung!

Hiernach schlug Alfons immer und immer wieder auf den Betrunkenen ein, bis er schwer atmend eine Pause einlegte. Ich hatte so etwas noch nie zuvor gesehen. Es war dem Besoffenen eigentlich gar nicht möglich, sich noch immer fest zu halten. Dann bat mich Alfons, ihn abzulösen. Diese Momente sollten für mich Schlüssel- oder besser Knüppelerlebnisse werden.

Bedenkenlos (wir waren ja schließlich im Recht) gab ich mich daran, dem Hartnäckigen auf die Hände, Unter- und Oberarme zu schlagen. Aufgrund der schweren Hiebe sollten ihm ein paar Stunden später überall Bluteier entstehen. Der Mann jedoch hielt sich weiterhin umklammert.

Wir sahen uns verwundert an; das gab es doch nicht. Ich sprach eindringlich auf den Mann ein, doch der hing wie festgeschweißt am Treppengeländer. Es half alles nichts.

Dann griff Alfons zum letzten Mittel, denn wir wollten schließlich wieder auf die Wache zurück. Er zog dem Säufer den Schlagstock mit voller Wucht mitten übers Gesicht. Das ertrug er nicht mehr. Er fiel hin und wir schleiften ihn zum Streifenwagen. Auf der Wache sollte es dann ganz böse für den Mann kommen. Voller Wut knüppelte Alfons auf ihn ein und warf ihn auf einen Stuhl, dem augenblicklich die Holzbeine wegknickten. Das ärgerte Alfons umso mehr. Er drosch immer wieder auf den schon längst Fertigen ein.

Als der Mann am Boden lag, griff Alfons in dessen Hosentasche und entnahm eine Geldbörse, in der sich ein 50 DM Schein und etwas Kleingeld befanden. Kurz darauf rief er ein speziell polizeifreundliches Taxiunternehmen an und orderte einen Wagen zur Wache. Als der Taxifahrer eintraf, hoben wir den Verletzten mit vereinten Kräften auf und warfen ihn auf die Rückbank des Taxis. Alfons überreichte dem Fahrer die 50 Mark mit den Worten:

„Fahr ihn irgendwo hin, vor allem aber außerhalb meines Stationsgebiets ... ich will den Arsch nicht mehr sehen."

Tür zu und der ganze Zauber war vorüber. So einfach war das. Wir hatten dem Gesetz Genüge getan.

Ein kurzer Eintrag ins Tätigkeitsbuch:

> *„... gegen ... Uhr Person aus dem Lokal entfernt und zur Wache gebracht. Nach Feststellung der Personalien auf eigenen Wunsch mit dem Taxi nach Hause gebracht worden ..."*

Meine Gewissensbisse waren zu dieser Zeit noch nicht ganz ersatzlos gestrichen. Dennoch bemerkte ich, dass das Verhalten meiner Kollegen mich formte, weil es ganz natürlich schien.

So kam und ging die Zeit – mit mehr oder weniger schlimmen Prügelszenen. Es war einfach verblüffend, dass niemals ein derart roh Behandelter Anzeige gegen die Kollegen erstattete. Hauptmeister Klotz, ein Kleiderschrank von einem Mann, war, was Härte und Disziplin anging, die unantastbare Speerspitze der Polizeistation.

Ich saß gerade an meiner Schreibmaschine und formulierte einen Verkehrsunfallbericht, als ein etwa 70-jähriger, kleiner Mann schlurfend die

Wache betrat; einen Zigarrenstummel im Mundwinkel. Mein Blick war halb auf meine Schreibmaschine, halb auf den Wachhabenden, Hauptmeister Klotz, gerichtet.

Schlurfen auf der Wache, das war für Klotz ein Stilbruch – eine Disziplinlosigkeit. Wie konnte sich ein Zivilist so etwas auf *seiner* Wache herausnehmen?

Ich ahnte Schlimmes, als ich sah, dass Klotz im Gesicht hochrot anlief.

Das ältere Männlein ging weiter auf die Wachtheke zu und fragte, während es den Zigarrenstummel im Mund beließ, in kölscher Mundart:

„Hüür enns, Här Wachmeester, ich hann do enns en Frooch." (Hören Sie mal, Herr Wachtmeister, ich habe da mal eine Frage)

Das war dann für Klotz zu viel.

Er holte mit seiner dreckschaufelgroßen Hand aus und schlug dem Mann mitten ins Gesicht. Dabei rutschte dem Mann der Zigarrenstummel in den Hals, so dass er prusten und husten musste. Nach und nach spuckte er die Reste des Tabaks keuchend hinaus.

Klotz aber, immer noch total erregt, bedeutet dem Männlein, erst einmal Höflichkeit zu lernen. Schließlich sei er hier auf der Polizeistation und nicht *sonst irgendwo*.

Nach dieser Vorstellung gab ich mich um meiner selbst willen daran, den Blick unter Anstrengung auf meine Schreibmaschine zu richten. Das ältere Männlein rannte unterdessen fast blitzschnell aus der Wache. Ich habe es nie mehr – Gott sei Dank – gesehen.

So war ich heilfroh, nicht als Zeuge später einmal vor Gericht aussagen zu müssen.

Klotz hingegen tobte immer noch auf der Wache herum. Erst sehr viel später beruhigte er sich wieder. So, als wolle er sich rechtfertigen, schrie er immer wieder:

„Ist doch wahr, denen müsste man mehr Anstand beibringen. Das ist noch mal unser Untergang. Damals wäre so was nicht passiert."

Das *damals* geisterte auch in den Köpfen vieler anderer Kollegen immer noch herum. Hier und da spielten noch Wunschgedanken mit, wenn wieder einmal ein Kollege seufzte:

„… einen kleinen Adolf, nur einen kleinen Adolf, dann würde hier schon aufgeräumt."

Kapitel 11

Es war wieder einmal nur eine Routinefahrt. Ich döste mehr am Steuer, als ich fuhr. Mein Kollege hatte auch schon die süßen Regionen der Traumwelt erreicht ... als mir auffiel, dass da vorne, vielleicht 100 Meter vor uns, ein Mann rannte. Ich wusste nicht, ob er vor unserem Streifenwagen davonrannte; er lief ganz einfach.

Ich rüttelte meinen Kollegen wach und teilte ihm meine Beobachtung mit. Sofort kam Leben in ihn.

„Das ist doch der ..."

Im Handumdrehen sprang er aus dem Streifenwagen und hastete dem Mann hinterher, der gerade in ein Kornfeld eintauchte. Ich blieb derweil im Wagen sitzen und wartete auf die Rückkehr meines Kollegen.

Nach einiger Zeit kam er schwer atmend zurück und sprach etwas abgehackt:

„Scheiße, ich habe ihn nicht mehr erwischt; der ist mir durchgegangen."

Ich glaubte nicht richtig zu hören, als er fortfuhr:

„... das ganze Magazin habe ich auf ihn geballert."

Da hatte er tatsächlich sieben oder acht Schüsse auf einen vermeintlichen Rechtsbrecher abgegeben. Glücklicherweise hatte er ihn im Kornfeld nicht erwischt.

Einige Tage nach diesem Vorfall stellte sich durch Ermittlungen heraus, dass wir tatsächlich einen zur Fahndung ausgeschriebenen Rechtsbrecher vor uns hatten. Hätte mein Kollege diesen Mann erwischt, vielleicht wäre er in den Genuss einer Auszeichnung gekommen.

Was aber wäre gewesen, wenn wieder einmal ein *normaler* Bürger dran geglaubt hätte? Die zahlreichen Fälle von Todesschüssen sind einfach nicht wegzudiskutieren. Die Freispruchquote dagegen erscheint mir allerdings unverhältnismäßig hoch – ohne dass ich der Gerichtsbarkeit Rechtsbeugung oder Ähnliches vorwerfen möchte. Ein Urteil kommt letztlich auch durch die Aussagen einzelner Polizeibeamter zustande, und das sind sehr oft Kollegen schießwütiger *Schutz-Männer*.

Es sind ja auch nicht immer *die* Beamten, die einen Menschen ermorden; es sind auch nicht *die* Polizisten, die täglich Grundrechte verletzen und/oder prügeln.

Wenn sich Polizeibeamte zu Diebesbanden vereinigen, Wegegeld erpressen, rauben, unterschlagen und stehlen, dann ist das schon schlimm genug. Jede Straftat, begangen von einem Polizeibeamten, ist erwähnenswert und muss angeprangert werden.

Die *guten* Kollegen müssen sich das gefallen lassen – in ihrem eigenen Interesse. Es ist nun einmal ein Ausnahmeberuf, immer aus dem

Sichtwinkel, dass ein Polizeibeamter die unmittelbare Macht hat über Leben und Tod.

Viele Kollegen haben es übertrieben.

Nach der Machterprobung kam der Alltag: der Machtalltag als fester Bestandteil des Dienstbetriebes für fest etablierte Klotz' und Alfons'.

Ist es eigentlich unfair, die echten, die guten Einsätze zu unterschlagen? Dann muss man doch weiterfragen, ob es überhaupt erwähnenswert ist, das Selbstverständnis eines korrekten Dienstes hervorzuheben. Wie würde ein normaler Arbeiter, der über ein weitaus geringeres Einkommen verfügt als der Polizeibeamte, eine derartige Selbstbeweihräucherung aufnehmen? Er, der Arbeiter, der bei einem geringen Verschulden rausgeschmissen wird.

Dieser Beruf ist signifikant und steht für den Rechtsanspruch des Staates in der allerletzten Konsequenz. Demnach ist die Wertigkeit entsprechend angesiedelt.

In diesem Zusammenhang muss ich an einen Kollegen denken, den man im Grunde nur noch durchschleppte. Morgens bei Dienstantritt holte er zunächst ein riesengroßes Handtuch aus seiner Aktentasche, um sich den Alkohol-Entzugs-Schweiß von der Stirn zu wischen. Er konnte es kaum erwarten, in die Frühkneipe zu kommen, die schon um 8.00 Uhr ihre Pforten öffnete.

Mit dem Hinweis, er müsse „noch schnell etwas ermitteln", lief er in die Kneipe und stürzte gleich 5-6 Schnäpse hinunter, bis sich das Zittern seiner Händen verlor.

Selbst dieser Alkoholiker, der nur noch *unter Strom* seinen Dienst verrichten konnte, war weitestgehend – unter dem Schutz seiner Uniform – unangreifbar.

Martinshorn, Blaulicht und die grüne Farbe auf dem Streifenwagen – das brauchte mein Kollege, das waren seine letzten Fetische, sein Penisersatz ... die letzten Potenzquellen.

Während zahlreicher Gespräche mit Rechtsanwälten war immer wieder die Klage herauszuhören, dass Polizeibeamte entweder gar nicht oder aber nur sehr schwer zu überführen seien. Der *uniformierten* Aussage vor Gericht wird immer noch mehr Glauben geschenkt als der des kleinen Mannes.

Auf verlorenem Posten steht derjenige, der sich in das Gefecht Aussage gegen Aussage werfen muss: Bürger gegen Polizeibeamte.

Die Chancenlosigkeit ist in fast allen Fällen vorprogrammiert.

Viele meiner Kollegen blieben auch dann bei ihren Aussagen, wenn sie selbst Zweifel an deren Wahrheitsgehalt bekamen; nach dem Motto: *Meine Aussage steht, und da muss ich jetzt durch, um mein Gesicht nicht zu verlieren.*

Schließlich mussten wir fast wöchentlich zu den Gerichten, und da war es schon wichtig, als aussagestandfest zu gelten. Ein Polizeibeamter, der unsicher aussagte, gar seine eigene Aussage anzweifelte – undenkbar.

Auch das habe ich erlebt:
Kollegen hoben ungerührt die berühmten drei Finger zur Eidesleistung, weil sie zu schwach waren, Zweifel an ihren Aussagen zuzugeben.
Hermann Pisoschinski hieß er, von den Kollegen nur *Piss* gerufen. Ein ganz übler Bursche, der die Chormagener Gastwirte gehörig ins Schwitzen brachte. Er ging während der Dienstzeit ungerührt in die Restaurants und bestellte vom Feinsten. Bezahlen? Das war überhaupt nicht drin. Athanasius, der Grieche, hatte im Besonderen unter diesem Kalfakter, wie sich *Piss* gerne selbst bezeichnete, zu leiden.
Piss – später auf eigenes Bestreben in *Flossmann* umbenannt – gab sich nicht einmal mehr die Mühe, seine Drohungen gegen die Gastwirte zu verdecken.

„Jetzt bringst du uns eine schöne Souflakiplatte! Aber reichlich garniert, verstehst du?!" Athanasius musste auftischen, was Hermann wünschte.

„Atha, in deinem Lokal wurde gestern wieder gezockt. Glaube nicht, wir wüssten das nicht. Also denk dran!" Hermann tafelte täglich auf *lau*, ohne dass sich ein Kollege getraute, diesen Burschen zu stoppen.

Hermann war schließlich außerordentlich intelligent und konnte obendrein mit Worten jonglieren wie kein anderer. Außerdem war er Kommissaranwärter – eine gefährliche Kombination. Man legte sich besser nicht mit ihm an; er konnte ja bald unser Vorgesetzter werden!

Den Formdraht hatte *Piss* in der Dienstmütze belassen; das gab ihm ein korrektes und drahtiges Aussehen. Was ihn besonders auszeichnete, war sein Stehvermögen beim Saufen.

Wenn andere schon längst unter dem berühmten Tisch lagen, dann brachte er es fertig, einem alkoholisierten Autofahrer den Führerschein abzunehmen. Skrupel hatte dieser Mann nicht, er war die Führerfigur, ein Vorzeigepolizist.

Wer bei den „*Piss*-Alkohol-Orgien" und offenen Erpressungen nicht mitmachte, der passte nicht in den Rahmen.

Eines Abends schleppte er wieder einmal einen angetrunkenen Fahrer auf die Wache.

„Einmal stechen", rief er schon beim Betreten des Wachraumes, während er seine Drahtmütze an den Hutständer warf. Eine Routinesache, wie es schien.

Dr. Thalenberg, ein polizeifreundlicher Arzt, wurde gerufen, während wir die Personalien des angetrunkenen Fahrers aufnahmen. Es war schon längst keine Besonderheit mehr, wenn sich ein unter Alkoholeinfluss stehender

Verkehrsteilnehmer gegen die Blutentnahme wehrte.

Ein alter Trick der *Spritfahrer* – als Geheimtipp gehandelt, aber schon längst ohne Wirksamkeit – war die Ausrede:

„Ihr dürft mir kein Blut abnehmen, ich bin Bluter."

Nun, dies zu überprüfen, überließen wir immer dem behandelnden Arzt.

Als Dr. Thalenberg auf der Wache eintraf, forderte Hermann den Betroffenen auf, die Hemdsärmel hochzukrempeln. Doch der wollte nicht und kannte offenbar noch nicht die rüden Methoden der Chormagener Bullen. Im Handumdrehen hatte *Piss* den Mann im Griff und warf ihn auf den Boden. Andere Kollegen kamen hinzu und pressten ihn zur Sicherheit roh auf den Betonfußboden. Als der am Boden Liegende noch ein paar Zuckungen von sich gab, setzte ihm Hermann sein Knie auf den Hals.

Mit weit aufgerissenem Mund konnte der Blutprobenaspirant nur noch röcheln, was *Piss* dazu veranlasste, ihm ein paar Ohrfeigen zu verpassen.

Dr. Thalenberg nahm nun ungerührt die fällige Blutprobe, und eigentlich war dem Gesetz Genüge getan.

Doch nicht so auf der Chormagener Wache.

Die Renitenz des *Besoffenen* ging Hermann nun doch entschieden gegen die verdrahtete Hutschnur und so wurde der Mann erst einmal nach Strich und Faden vertrimmt.

„Ich will dich hier nie wieder sehen, du Sau!"

Mir war noch kein Fall bekannt, in dem ein derart Behandelter – auch durch Mithilfe seines Rechtsanwalts – vor Gericht Recht bekommen hat. Die Einschreitargumente der Polizisten waren allesamt zu erdrückend und schlüssig.

Wer wollte denn auch schon ernsthaft gegen die Behandlungen angehen, hatte er sich doch *strafbar* gemacht und war schon vorverurteilt, weil er den Beschuldigtenbonus mitbrachte. Außerdem war es ein ungeschriebenes Gesetz, dass die Kollegen zusammenzuhalten hatten.

Es war aber auch die Regel, dass sich der Stationsleiter vor seine Beamten stellte. Das war sicherlich nicht das Verkehrteste; wenn dadurch nicht auch schlechtestenfalls die Grundlage geschaffen wurde für *abgesicherte* Straftaten im Dienste.

Wenn wir auf Streifenfahrt waren, dann setzten wir, je nach Laune, Lust oder Frust, in eigener Zuständigkeit Verkehrskontrollen an. Diese brauchten gar nicht *von oben* angesetzt oder befehligt werden. Der Erfolg war immer da!

Wer als Bürger und/oder Verkehrsteilnehmer von einem rachsüchtigen Polizeibeamten ins Fadenkreuz genommen wurde, der konnte sich leicht ausrechnen, wann es ihn erwischte. Ein nicht genehmer Nachbar eines Bullen geriet mit tödlicher Sicherheit eines Tages in die ausgelegten Fallstricke eines solchen Beamten. Unter dem Deckmantel des Strafverfolgungsauftrages ist das jederzeit möglich und: Es ist kein probates Kraut dagegen gewachsen, keine Möglichkeit der Verteidigung.

Unser Stationsleiter, ein seniler, aber altpreußischer Hauptkommissar, wertete seine Untergebenen stets nach leer oder voll geschriebenen Verwarnungsblocks. Leider konnte ich nicht immer mit den Knöllchen dienen, so dass sich mein Herr und Meister genötigt fühlte, mich in einer ernsten Angelegenheit zu sprechen.

„Wozu sind Sie eigentlich auf der Straße? Machen Sie Ihre Augen nicht auf?"
Meinen Einwand, man könne ja mit einer gebührenfreien Belehrung vielleicht mehr erreichen, ließ er nicht gelten.

„Ich werde Ihnen mal zeigen, was polizeiliches *Sehen* ist!"
Dann fuhr er tatsächlich mit mir auf Streife.
In der Nähe der Chormagener Zuckerfabrik musste ich – etwas getarnt – den Streifenwagen parken. Nun sollte ich also polizeiliches *Sehen* lernen. Kovitzka, so hieß mein Stationsleiter, wusste natürlich genau, dass gerade an dieser Stelle massenhaft Radfahrer unterwegs waren. Entweder fuhren sie zur Schicht oder aber kamen von der Arbeit.
Meine polizeiliche Aufgabe bestand nun darin, die Radfahrer anzuhalten und ihr Gefährt auf Verkehrstauglichkeit hin zu untersuchen. Un-

zählige defekte Bremsen und Beleuchtungsein-
richtungen gab es zu bemängeln.

Im Nullkommanichts hatte ich meinen Verwar-
nungsblock leer geschrieben – also viele Knöllchen erteilt. Ob dabei bei den Radfahrern der
Slogan „Die Polizei – Dein Freund und Helfer"
nachhaltig positiv unterstrichen wurde, wage
ich zu bezweifeln.

Allein, Kovitzka hatte mich polizeiliches *Sehen*
gelehrt.

Auf der Fahrt zur Wache kamen dann die un-
vermeidlichen Sprüche:

„So, ich hoffe, Sie wissen nun Bescheid.
Kommen Sie mir ja nicht mehr mit Ausreden."

Wer als Polizist Karriere machen wollte, der
konnte gar nicht anders, als nach den Vorstellungen seines Stationsleiters seinen Dienst zu
verrichten. Dieser Mann schrieb Beurteilungen,
die über Wohl und Wehe des Beamten entschieden. Auszug aus meinen Beurteilungen:

> *„... der Beamte Hochhardt findet nicht*
> *immer den richtigen Ton gegenüber sei-*
> *nen Vorgesetzten. Er neigt zum Wider-*
> *spruch und zeigt sich oft uneinsichtig ...!"*

Damit musste ich leben. Wenn die Personalakte weitergereicht wurde, dann war ich natürlich schon vor Dienstantritt in einer anderen Behörde gebrandmarkt. Die Blicke dieser neuen Polizeileiter waren dann natürlich auf mich gerichtet. Das ging anderen Kollegen, die sich schon mal die Frechheit eines „Widerspruchs" herausnahmen, nicht anders. Polizeiführer hatten es nun einmal nicht so gerne, wenn Untergebene moserten.

Aus dieser Dienststarre und den festgelegten Ritualen gab es für einen progressiven Beamten keinerlei Möglichkeit des Ausbruchs, ohne dass er in die Tretmühle geriet.

Kloster Magdsteden lag etwas außerhalb der Stadt Chormagen. Das angrenzende Wäldchen war schon lange von Liebespaaren als ruhige Insel auserkoren; idyllisch und schützend fügte es sich harmonisch in die typische Pappellandschaft der niederrheinischen Tiefebene.

Grund genug für einige Kollegen, dieses Gebiet in den Frühjahrs- und Sommermonaten zu durchstreifen. Nicht zuletzt deshalb, um hier und dort ein paar feminine Rundungen anzuschauen.

Natürlich wurden diese Streifenfahrten offiziell nur unternommen, um Straftaten aufzuklären. Ja, weil es in diesem Wäldchen nur so von Straftätern wimmelte!

Es war immer wieder für einige Bullen eine Freude und Genuss, die Liebespaare *amtlich* zu kontrollieren.

Im Sommer 1967, an einem lauen Abend, war es wieder so weit. Solltek, ein wurschteliger Kauz, bestimmte als Streifenführer das Ziel: Kloster Magdsteden. Wir bogen von der Landstraße in einen der zahlreichen Waldwege ein und fuhren fast bis in die Mitte des Wäldchens. Den parkenden Pkw hatten wir sofort erkannt und Solltek lenkte den Streifenwagen neben dieses Auto. Die beschlagenen Seitenscheiben des abgestellten Wagens gaben klaren Aufschluss darüber, was sich im Innern abspielte.

Mit dem Schlagstock klopfte Solltek mehrmals auf das Dach des Wagens und belferte auch schon los:

„Aufmachen und aussteigen! Polizeikontrolle!"
Als sich im Innern des Pkw nach Sollteks Meinung nicht schnell genug etwas regte, riss er die Fahrertüre auf. Ich sah, wie sich die beiden halb nackten Insassen – eine Frau und ein Mann – abmühten, hastig ihre Kleidung überzuziehen. Doch das war ja nicht in Solltek Sinne.

„Sofort aussteigen!"
Jetzt stakten die total Verunsicherten scheu und barfüßig aus dem Wagen.

„Ans Auto, Hände auf das Wagendach, Beine gespreizt!"

Etwas schief und teuflisch grinste mich Solltek dabei an.

„Ausweise!"

Ehe der Mann etwas sagen konnte, forderte ihn Solltek auf, sich gefälligst zu beeilen. Dieser gab sich daran, immer noch verunsichert und scheu, wieder in den Wagen zu klettern.

„Keine falsche Bewegung", hörte ich Solltek rufen. Das hatte er sicherlich in einem Kriminalfilm schon mal gesehen und gehört.

Die Frau schien von den beiden wohl die Beherztere zu sein, als sie – nachdem sich wohl ihr erster Schock gelöst hatte – ärgerlich fragte:

„Was soll das hier? Sind wir etwa Schwerverbrecher?"

Solltek hatte daraufhin nur den trockenen Satz parat:

„Wir gehen nur einem Hinweis nach. Es soll hier im Wald Diebesgut gehehlt werden."

Das war die amtliche Begründung, unumstößlich und unanfechtbar.

Auch und gerade in solchen Situationen spiegelte sich die ganze Macht eines maroden Bullen wieder. Wen kümmerte es schon, dass Solltek und viele andere sicherlich Freud'sche Fälle waren? Vielleicht hatte sich Solltek nach einiger Zeit satt gesehen an den Kurven der halb nackten Frau, als er gnädig, nach vordergründig sorgfältiger Prüfung, die Ausweise zurückgab und dem Liebespaar abschließend noch die wohl meinenden Worte mit auf den Weg gab:

„Seien Sie in Zukunft vorsichtiger, hier treibt sich gerne Spannergesindel herum."
Wer hier wohl gespannt hat?

An diesem einen Fall wird deutlich, dass die Betroffenen auch hier keinerlei Widerspruchsmöglichkeit hatten. Es genügt schon der Verdacht eines Beamten, sei er auch noch so widersinnig konstruiert, um sein Einschreiten zu begründen.

An den Polizeischulen ist die Rede vom *kriminalistischen* Verdacht. Er ist klar umrissen und für alle Situationen anwendbar:

> *Wenn sich nach den Erfahrungen des täglichen Lebens Umstände ergeben, die den Anschein strafbarer Handlungen begründen, dann ist das ein Verdacht … (etwas gekürzt)*

Mit diesem Gummibegriff ist jedem Beamten ein verheerendes Instrument in die Hand gegeben, mit dem er schalten und walten kann, wie es ihm beliebt. Nicht zuletzt deshalb und gerade aufgrund dieser Bestimmungen ist die unverhältnismäßig hohe Freispruchquote für Grundrecht verletzende Polizeibeamte zu erklären. Dies wird sich auch in Zukunft nicht ändern, egal, in welche Zeiten wir auch geraten.

Kapitel 12 *(1968)*

In der Folgezeit hatte ich mehrere Lehrgänge zu absolvieren.

Ein ganz wichtiger, beamtenrechtlicher Lehrgang fand in Bork/Westfalen statt: der Anstellungslehrgang. Hier sollten wir *fit* gemacht werden für den kommenden Polizeidienst und den Nachweis erbringen über das bisher Erlernte, den Umgang mit den Menschen und unsere Verhaltensweisen „auf der Straße".

Außerdem mussten die anschließenden Prüfungen in den Fächern Polizeidienstkunde, Polizeirecht, Verkehrsrecht, Straf- und Strafprozessrecht, Kriminalistik und Staatsbürgerkunde unbedingt von uns bestanden werden; ansonsten hätten die Durchfaller den Lehrgang noch einmal wiederholen und im Falle eines nochmaligen Durchfallens den Polizeidienst quittieren müssen.

Anlass genug für mich, im Unterricht sehr gut aufzupassen, um immer auf Lehrstoffhöhe zu bleiben.

Im Großen und Ganzen verlief der Lehrgang für mich ohne wesentliche Schwierigkeiten. Der Unterricht gestaltete sich kurzweilig (was vor allem an den aufgeschlossenen Paukern lag), und selbst unser Strafrechtslehrer, Herr Wühlekind (ein eingeschriebenes NPD-Mitglied), gab seine höchst merkwürdigen Ansichten von Recht und Ordnung humorig zum Besten (... die zwiebelbärtigen Scharlatane sollte man an die Wand stellen ...), die jedoch niemand von uns für bare Münze nahm. Wühlekind beklagte in allen Unterrichtsstunden die aufkommenden Studentenunruhen und die damit verbundenen bundesweiten Demonstrationen. Was Wühlekind und wir zu diesem Zeitpunkt noch nicht wussten: Die legendären 68er Jahre waren geboren. Einige Jahre später sollte ich aktiv mittendrin sein.

Nach ca. drei Monaten bestand ich meine Prüfung. Und wieder ging es nach Chormagen – in den Einzeldienst. Doch auf Dauer wollte ich kein Streifenbulle bleiben und es zog mich hin zur Kriminalpolizei.

Mit unseren zwei Chormagener Kriminalbeamten, die ihren Dienstbereich über der Polizeistation hatten, sprach ich des öfteren über die Bewerbungsmöglichkeiten, um eine Ausbildung zum Kriminalbeamten zu absolvieren.

Unsere Kriminalbeamten – die Herren Sand und Kasten – gaben mir hilfreiche Bewerbungstipps, wobei ich seit dieser Zeit fast nur noch im „Sandkasten" (wie die Kriminaldienststelle genannt wurde) zu finden war.

Eines Tages bekam ich ein Schreiben vom Innenministerium, in dem ich gebeten wurde, an der Polizeidirektion Rheydt meine Eignungsprüfung für den kriminalpolizeilichen Dienst abzulegen. Kurz und gut: Ich bestand und durfte mit diesem Ergebnis wieder zurück nach Chormagen fahren.

Einer Verwendung als Kriminalbeamter standen aber noch reglementierte Planstellen im Wege. Während ich ohne weiteres in diverse nordrheinwestfälische Großstädte auf eigenen Wunsch hin versetzt werden konnte, waren an meinem damaligen Heimatwohnort, in dem ich inzwischen mit meiner Familie wohnte, alle Planstellen belegt.

So musste ich dann in den sauren Apfel beißen und zunächst als Ausbilder an der Polizeischule Linnich Dienst verrichten, um zumindest in Nähe meiner Familie zu sein. Linnich grenzte an den Kreis Kleinenkirchen-Heinersberg an.

So war ich wenigstens schon einmal in Fast-Körpernähe zu meiner Wunsch-Behörde; jedoch mit dem Nachteil, ausgerechnet an der Polizeischule Dienst zu verrichten, an der ich mir meine ersten Magengeschwüre geholt hatte und mich Knüppelerlebnisse traumatisierten.

Ich bekam als „Unterführer" eine Klasse voller Frischlinge zugewiesen, ca. 30 Männer, die ich in Polizeidienstkunde, Sport, Waffenkunde und Formalausbildung auszubilden hatte. Der ganze Klamauk begann von vorne, nur diesmal umgekehrt.

Wer weiß, vielleicht spuke ich noch heute in einigen Köpfen dieser jungen Wachtmeister als Schinder und Schleifer herum.

1969

Irgendwie überstand ich auch diese Zeit ... bis meinem Gesuch zur Verwendung als Kriminalbeamter bei der Kreispolizeibehörde Kleinenkirchen-Heinersberg stattgegeben wurde.

Es war von der Landschaft her eine eher langweilige Gegend. Kilometerlanges Flachland und an die benachbarten Niederlande anschließend. Obwohl ich meine kölsche Heimat ab und an doch sehr vermisste, so hatte ich – zumindest vorerst – in dieser ländlichen Gegend meine Wurzeln geschlagen.

Meine Ehefrau Anita hatte ich bereits 1964, zur Zeit meiner Polizeiausbildung, kennen und lieben gelernt. Unsere beiden Söhne ließen dann auch nicht lange auf sich warten und ich gab mich bald daran, meinen männlichen Pflichten nachzukommen: Ein Haus bauen, einen Baum pflanzen und einen Sohn zeugen (wobei ich mein *Sollzeugen* bereits um 100 % überschritten hatte).

Meine kleine Familie sollte für alle Ewigkeit unzerstörbar sein; unser Bungalow war einfach ein Schmuckstück und meiner Kriminalkarriere stand nichts mehr im Wege. Alle Zeichen standen auf Hoffnung.

Mehr und mehr jedoch sah ich mich einer unerhörten Dreifaltigkeit in dieser ländlichen Gegend gegenübergestellt: einem kritiklosen Katholizismus, einem von eigenen Gnaden erwählten Kriminalpolizeileiter (Strohhaupt) und den niederrheinischen Mitläufern. Die Menschen will ich hier nicht beschimpfen, der Pietismus allerdings war schon unverhältnismäßig hoch entwickelt und die Obrigkeitshörigkeit exorbitant. Der Kriminalpolizeileiter war grundbösartig und alles aus dem Wege räumend, was ihm missfiel. Vielleicht lag es an seinem Minderwertigkeitsgefühl, das ihm einen miesen Charakter verlieh.

Doch zunächst berührten mich meine ersten Eindrücke nicht sonderlich, zumal ich meinen Dienst in Kleinenkirchen – im dritten Kommissariat – anzutreten hatte.

Wenn ich in meiner kölschen Heimat in dieser Zeit und auch in jüngster Vergangenheit so etwas wie eine Aufbruchstimmung spürte – Versuche meiner Altersgenossen, den Muff und die Enge mit aufmüpfigem Verhalten zu verscheuchen – so hatte es dieser frische Wind noch nicht geschafft, meine neu gewählte Heimat zu erreichen.

Der Jahrhundertmuff wehte mir allerorts entgegen und ich ahnte bereits die trostlos-graue Zier, die mich für lange Zeit umarmen sollte. Das durfte und wollte ich jedoch nicht zulassen; vor allem nicht um den Preis eines ungestörten Familienidylls inmitten einer faschistoiden *schwarzen* Gegend.

Parteipolitisch hatte ich mich noch nicht exakt orientiert; aber als praktizierender Lyriker und

Journalist einer *progressiven* Regionalzeitung bezog ich immer mehr meinen Platz in der *linken* Ecke.

Ich begann mich für den jungen Johanno Strasser und seine Theorien vom Stamokap (Staatsmonopolkapitalismus) zu interessieren, wurde aufmerksam auf eine Ulrike Meinhof; ihre Kämpfe gegen Franz Josef Strauß und ihre verschiedenen Kolumnen und Aufsätze in der Zeitschrift *Konkret* sowie die Maschinerie des Springer Verlages, um *rote* Staatsfeinde zu stoppen. Daneben belustigten mich so schillernde Figuren wie Fritz Teufel und Rainer Langhans.

Außerdem war ich oft zusammen mit jungen Gewerkschaftern, Studenten und fortschrittlichen Junglehrern; spielte natürlich die Lieder von Bob Dylan und Joan Baez auf meiner Gitarre und gründete in dieser Zeit mit sieben weiteren Mitgliedern die Juso-AG (Arbeitsgemeinschaft), deren Geschäftsführer ich später wurde.

Eigentlich sah ich darin keinen Widerspruch zu meiner Arbeit als Kriminalbeamter, zumal die SPD bekannter weise keine terroristische Vereinigung war (und dementsprechend auch nicht die Jugendorganisation dieser Partei).

Leider war das zu naiv gedacht von mir, war doch der Leiter der Kriminalaußenstelle in Kleinenkirchen, Herr Hensen, stellvertretender Bürgermeister der Stadt Heinersberg und CDU-Mitglied.

Außerdem lauerte der Kriminalpolizeileiter des Kreises Kleinenkirchen-Heinersberg wie eine Spinne im Netz, um mich bei der geringsten Dienstverfehlung zu schnappen.

Mein erstes Kriminaljahr verbrachte ich relativ ruhig in der Kriminalaußenstelle Kleinenkirchen; ich war nach einiger Zeit mit selbstständigen Ermittlungen betraut und besuchte nach meinem Ausbildungsjahr die Landeskriminalschule in Düsseldorf.

An dieser Schule wurden wir vor allem in Kriminalistik, Kriminologie, Straf- und Strafprozessrecht unterwiesen. Unser Kriminologielehrer, Herr Rosen, galt als anerkannter Fachmann und Sachbuchautor. Seine Lehrmeinung jedoch bezüglich der Straftäter-Typologie erschien mir damals – und auch noch heute – als zu undifferenziert und außerdem rassistisch. So stellte er unumstößlich fest: Alle Zigeuner sind Diebe und Betrüger; das verlangt schon ihr Ehrenkodex. In unseren Klausuren mussten wir Rosens Manifest schriftlich wiederholen, sonst hätten wir unsere Arbeit versiebt. Aber Rosens Meinung legte ich sehr rasch beiseite.

Nach einem halben Jahr und bestandener Prüfung verrichtete ich nun als „fertiger" Kriminalbeamter und Sachbearbeiter meinen Dienst. Ich war in einem bestimmten Dienstbereich des Kreises Kleinenkirchen-Heinersberg mit Eigentumsdelikten befasst (Raub, Diebstahl, Unterschlagung usw.) und lebte für einige Zeit relativ unbehelligt dahin.

Mein kriminalpolizeilicher Dienstablauf verlief eigentlich ruhig und beschaulich, so ganz dem verträumten Grenzstädtchen Kleinenkirchen angepasst. Außer mir verrichteten noch zwei weibliche Kriminalbeamtinnen (WKP), sechs männliche beamtete Kollegen, drei Kriminalangestellte und eine weibliche Schreibkraft (die auch gleichzeitig als *Dame für alles* den Mittelpunkt in dem Geschäftszimmer bildete) ihren Dienst. Neben dem Geschäftszimmer – natürlich etwas abseits vom allgemeinen Dienstbetrieb – saß unser Chef (Leiter der Kriminalaußenstelle), Herr Hensen.

Sein „Zweitbüro" lag unweit von Kleinenkirchen und trug den Namen *Zur Gerdi*. Wenn Herr Hensen einmal nicht aufzufinden war, wurde man in der Kneipe *Zur Gerdi* fündig.
Er war alles in allem ein umgänglicher Zeitgenosse; ein Heinersberger frohes Kind halt, verwurzelt in diesem Flachland und dazu noch stellvertretender Bürgermeister.
Damals gab es noch keine Großraumbüros und jeder Kollege hatte sein eigenes Dienstzimmer, in dem er auch selbst seine verflixten Schreibarbeiten zu erledigen hatte, und diese nahmen den Großteil der Dienstzeit in Anspruch.
Ansonsten führten wir Vernehmungen von Zeugen und Beschuldigten (Tatverdächtigen) in unseren Zimmern durch.

Ein Kollege war abgestellt für erkennungsdienstliche Behandlungen, d.h., er fertigte dreiteilige Lichtbilder von tatverdächtigen Personen, nahm deren Fingerabdrücke und sammelte alle Akten in großen hölzernen Karteikästen.

Ein anderer Kollege und ich setzten uns aus Spaß selbst einmal auf den Erkennungsdienststuhl und fertigten dreiteilige Lichtbilder von uns. Das hätte ich besser nicht tun sollen, denn mein *Spezi* Strohhaupt hatte später die Bilder entdeckt und legte sie im Rahmen seiner Kampagne gegen mich meinen Nachbarn und unzähligen anderen Leuten vor. Vor allem meine Nachbarn schauten mich ab diesem Zeitpunkt doch etwas skeptisch an. Aber darauf komme ich noch zurück.

Eine elektronische Datenverarbeitung kannten wir noch nicht; etwa Anfang 1970 kamen ein paar Fachleute in die Dienststellen und bildeten die Beamten – so gut es ging – in der modernen Datenverarbeitung aus.

Bis zu diesem Zeitpunkt übermittelten wir unsere Daten von einem riesengroßen Fernschreibapparat, der in der Kleinenkirchener Polizeiwache stand. Dieses Ding hasste ich wie die Pest, zumal wir immer mit Lochstreifen arbeiten mussten, die sich schon mal verheddertn oder ganz einfach einen „Kauderwelschtext" verursachten, weil sie nicht korrekt eingelegt waren. Außerdem ratterte der Kasten den ganzen Tag, was den Kollegen von der Schutzpolizei schon gar nicht mehr sonderlich auffiel.

Wir blieben zum Glück von den Geräuschen verschont, weil unsere Dienststelle in der ersten Etage lag.

Bis auf unseren Wochenendbereitschaftsdienst, den jeder Kollege alle sechs bis sieben Wochen abzuleisten hatte, verlief unser Kripo-Dasein fast sanft und ohne große Aufregung.

In der Kriminalaußenstelle Kleinenkirchen bearbeiteten wir vornehmlich Eigentumsdelikte und daneben noch Betrugsstraftaten.

Wir hatten eigentlich schon genügend zu tun mit Delikten in unserem Zuständigkeitsbereich und wurden trotzdem noch von der Staatsanwaltschaft mit Ermittlungsakten zugedeckt. D.h., wir hatten z.B. Zeugen zu ermitteln und zu befragen oder einfach nur Alibis zu überprüfen.

Ganz anders sah es an den Wochenenden aus. Der Bereitschaftsbeamte konnte zwar an den Freitagnachmittagen – nach offiziellem Dienstschluss – nach Hause fahren, er musste jedoch immer telefonisch erreichbar sein. Der Dienst zog sich bis zum nächsten Montag hin – pünktlich bis zur Dienstbesprechung um 07.30 Uhr.

Wie an fast jedem Tag, so wurden uns auch von Freitag bis Montag immer wieder Diebstähle, Selbsttötungen, Schadensfeuer, Körperverletzungen bis hin zum Mord usw. gemeldet. Wir fuhren dann, bewaffnet mit unseren Spurenkoffern, an die Tatorte und erledigten unsere Arbeit.

Heute muss ich manchmal schmunzeln, wenn in Fernsehkrimis die Rede von der *Spurensicherung* ist. Wir waren Ermittler und Spurensicherer in Personalunion. Gerade in kleinen Dienststellen erlernt man auch noch heute das Spurensicherungshandwerk: Sichern von Fingerspuren am Tatort, Ausgipsen von Fußspuren, Fotografieren … In großen Polizeipräsidien sind die KvD (Kriminalbeamte vom Dienst) derart überlastet, so dass sie schon nicht mehr zu jedem Tatort fahren, geschweige denn gründliche Tatortarbeit verrichten können.

Während meiner Bereitschaftszeiten hatte ich fast immer einen Selbsttötungsfall zu bearbeiten. Tode durch Erhängen, Vergiftungstode, Todesstürze, Auftrennen von Pulsadern usw.

Um bei diesen Fällen ein Drittverschulden ausschließen zu können, befragte ich unmittelbar nach Auffinden der Leichen Angehörige, Freunde, Nachbarn, Hausärzte und andere Personen, die in Kontakt zum Verstorbenen gestanden hatten.

Die Bearbeitung nahm stets viel Zeit in Anspruch, so dass ich an den Bereitschaftswochenenden keine ruhige Kugel schieben konnte. Aber das war mir natürlich schon vorher klar.

Wir mussten auch zu den Obduktionen „unserer" Leichen in das Gerichtsmedizinische Institut, um als Sachbearbeiter die jeweils zu obduzierende Leiche auch als die richtige zu identifizieren.

Daran hatte ich mich eigentlich nach und nach gewöhnt, wenn auch die geöffnete Leiche nicht immer nach Lavendel duftete und die Verletzungen manchmal schlimm anzusehen waren.

Bis auf zwei Morde im Kleinenkirchener Bereich verlief mein Dienst eher unspektakulär.

Zum einen hatte ein 16-jähriger Knecht seine Bäuerin mit einem Bügeleisen, einem Metalleimer und einer Forke erschlagen und sie vorsichtshalber danach noch mit der Bügeleisenschnur erdrosselt, so dass das Opfer nach der Tat nur noch einer blutigen Fleischmasse ähnelte. Zum anderen rastete eine eifersüchtige Ehefrau aus und erschlug ihren schlafenden Mann mit einer Vase.

Ich möchte jetzt allerdings nicht im Detail die Mordtatorte und meine tägliche Arbeit schildern, weil das auch nicht den Tenor meines Buches beinhaltet.

Die kriminalpolizeiliche Arbeit wurde mir immer vertrauter. Es war auch eine helfende Tätigkeit; zumindest klassifizierte ich sie so.

Kleinenkirchen-Heinersberg entsprach zwar nicht meinen Vorstellungen, um hier künftig Wurzeln zu schlagen, dennoch baute ich im Jahre 1970 für meine Familie in Heinersberg einen Atrium-Bungalow, den wir Anfang 1971 bezogen.

Eigentlich war alles stimmig – ich liebte meine Familie, einen relativ angesehen Beruf hatte ich auch, meine Kreativität (Lyrik und mein Gitarrespiel) lebte ich gründlich aus und meine Juso-Arbeit machte mir einen Heidenspaß in dieser rabenschwarzen Gegend.

Meine Gedichte und mein Gitarrespiel machte ich manchmal laut – das verlangte nun einmal meine Passion. Hin und wieder erlaubte ich mir sogar, in der Aachener Einkaufspassage Straßenmusik zu machen, allerdings ohne mich dabei hinzusetzen wie ein bettelnder Musikus. Ich empfand dabei ein Gefühl des Aussteigens, der Freiheit und des Durchatmens.

Meine Gedichte, Kurzprosa und Humoresken trug ich interessierten Bürgern im Raum Kleinenkirchen-Heinersberg vor und schrieb gesellschaftskritische Abhandlungen in den Regionalzeitungen. Dabei dachte ich keinen Augenblick daran, dass ich damit einen ganz entscheidenden Fehler machte.

Dem Leiter der Kriminalpolizei blieben natürlich meine vielfältigen, bunten Aktivitäten nicht verborgen und er startete ein äußerst subtiles Kesseltreiben gegen mich.

Es war für ihn, den auf zwei Beinen wandelnden Minderwertigkeitskomplex, nicht eingängig, seinen Namen im Vergleich zu mir viel seltener in der Presse zu lesen. Dabei war er doch schließlich der Kriminalleiter ... und ich sein Untergebener.

Schon eine geraume Zeit vorher hatte ich mir Gedanken um diesen seltsamen Menschen gemacht. Was mir besonders auffiel, war seine laute und bestimmende Sprache, die aber auch „nur" laut war. Vielleicht wollte er sich damit eine Präsenz verschaffen, weil er um seinen Mangel an Führungseigenschaften wusste.

Eigentlich hätte ich wissen sollen, dass ein solcher Mensch, dessen zusammengeschusterte Scheinwelt von jemandem angegriffen oder gar zerstört wurde, sofort zu undifferenzierter, gnadenloser Gegenwehr bereit ist.

Dabei glaubte er tatsächlich daran, seinen deformierten Charakter hinter einem lauten Dienstvokabular verbergen zu können. Keinesfalls durfte jemand hinter seinem Großmannsgehabe den erbärmlichen Knilch entdecken.

Sprach er am Telefon – oder auf der Dienststelle – mit einem höher gestellten Beamten, z. B. vom Landeskriminalamt, dann verminderte sich seine Lautstärke jeweils um ein paar Dezibel und sein Rückgrat wurde auf wundersame Weise stromlinienförmig. Vielleicht hatten das meine Kollegen auch schon lange bemerkt und ihr Verhalten opportunistisch entsprechend darauf eingestellt. Wie ich schon eingangs dieses Buches erwähnte – sie hatten allesamt Familien und hielten schon aus diesem nicht leichtgewichtigen Grund mit Kritik hinter dem Berg. Darauf konnte und durfte ich mich aber nicht einlassen, so war ich nicht gestrickt.

Bei vereinzelten Dienstfeierlichkeiten (Jubiläen, runden Geburtstagen usw.), die in den Diensträumen und danach zumeist in polizeifreundlichen Gaststätten abgehalten wurden, brachte ich hin und wieder meine Gitarre mit und wir machten nicht selten die kommenden Nächte zum Tag.

Strohhaupt war bei diesen Feierlichkeiten nie dabei, allenfalls der Kleinenkirchener Kriminalaußenstellenleiter, Herr Hensen. Auch zu Hause und in der Juso-Gruppe spielte ich oft Gitarre und so ganz langsam schauten sich meine Söhne ein paar Griffe ab. Inzwischen haben mich meine zwei Jungs in der Fertigkeit schon längst überholt.

Eines Tages fiel ein holländischer Musiker *vom Himmel* und quartierte sich ganz einfach bei uns ein. Erst für einen oder zwei Tage und dann schon mal für längere Zeit. Jerry, so hieß er, verhielt sich des öfteren wie jemand, der irgendwie vom Leben was verstand und sich ganz ungeniert in meiner Gegenwart hin und wieder einen Joint drehte.

Er hatte bereits eine Menge in seinem jungen Leben erlebt; er betreute mit seiner Band „The Rainbows" amerikanische GIs in Vietnam, lebte über ein Jahr mit Mick Jagger zusammen und spielte zu diesem Zeitpunkt in der deutschen Rockformation „Wallenstein" als Sänger und Bassist.

In Vietnam kam er mit Rauschmitteln in Kontakt und war von diesem Zeitpunkt an abhängig von Haschisch und Kokain. Irgendwie hatten ihn meine Familie und ich ins Herz geschlossen, weil er sich so unglaublich sanft verhielt, jederzeit ein kindliches Lächeln zeigte und ganz einfach unser „Blumenkind" war.

Natürlich war es mir nicht gerade angenehm, wenn er am Sonntagvormittag schon mal wie gekreuzigt in unserem Hausvorgarten lag und die Nachbarn mit einem abgedrehten Satz, wie z. B. *Liebe Gotteskinder, geht heute nicht aus dem Haus, es regnet Grabsteine* begrüßte.

Das bekam natürlich mein direkter Nachbar mit, der auf der Heinersberger Polizeiwache seinen Dienst verrichtete. Als ich nach ein paar Wochen unseren Freund Jerry wieder einmal nach Holland fuhr, wurde ich prompt an der deutsch-niederländischen Grenze angehalten. Mein Auto wurde peinlich genau durchsucht und ich konnte erst nach ca. einer Stunde weiterfahren, während Jerry sich unbedarft mit einigen Polizisten unterhielt und ihnen etwas von *Pax* und *Peace* erklärte. Zähneknirschend ließen sie uns dann unbehelligt.

Ich gebe zu, ein bisschen nervös war ich schon, denn Jerry stand offensichtlich unter Drogen. Er lallte zwar nicht, ganz im Gegenteil. Er war äußerst freundlich, sprach langsam und *segnete* die Polizeibeamten, während ich innerlich fast zusammenklappte. Ich war schon froh, dass Jerry seinen kleinen FIAT, mit dem er damals zu uns gekommen war, vor der Wohnung einer Bekannten abgestellt hatte. In diesem rostigen Nachkriegsgefährt wären die Beamten sicherlich fündig geworden.

In der Folgezeit lernte ich auch Jerrys Eltern kennen, die sich natürlich große Sorgen um ihn machten.
Sie waren froh, dass sich nun jemand um ihren Sohn kümmerte und schon auf ihn aufpassen würde, doch so ganz recht war mir das nun doch nicht. Blumenkind hin, Blumenkind her, immerhin waren wir fast gleichaltrig und als Ersatzvater fühlte ich mich ungeeignet.
In der Folgezeit erfreute ich mich der Observierung durch meine Kollegen Rosinus und Raffer. Sie machten sich nicht einmal die Mühe, mich verdeckt zu beobachten. Sie waren einfach präsent und auch von meinen Nachbarn nicht zu übersehen.

Es vergingen wiederum ein paar Wochen, als ich eine Vorladung meiner Dienststelle bekam. Ein höherrangiger Kriminalbeamter sollte mich zu einer Straftat vernehmen, die jedoch nicht in der schriftlichen Vorladung ausgewiesen war. Ich fand mich also zu dieser *Vernehmung* ein und konnte nur noch ungläubig mit dem Kopf schütteln:

Ich wurde der Betäubungsmitteldealerei beschuldigt.
In Holland hätte ich kiloweise Heroin eingekauft!

In der Ermittlungsakte befanden sich meine drei Lichtbilder, die ich aus Jux in unserem Erkennungszimmer aufgenommen hatte. Diese Fotos hatte man zwei holländischen Frauen vorgelegt, denen ich angeblich Rauschmittel angeboten hätte. Ich konnte der Akte entnehmen, dass diese *Zeuginnen* ihre ersten Einlassungen widerrufen hatten.

Die Ermittlungen waren von Herrn Strohhaupt durchgeführt worden. Ich weiß nicht, wie und mit welchen erpresserischen Mitteln Strohhaupt diese Frauen – die ich weder vorher kannte noch bis heute kenne – zu diesen Aussagen bewegt hat. Der Akte lagen auch Observationsberichte der Herren Rosinus und Raffer sowie Aussagen meiner Nachbarn bei.

Das Verfahren wurde – eigentlich natürlich – von der Staatsanwaltschaft gegen mich eingestellt. Ein Vermerk in meiner Personalakte jedoch blieb mir, das genügte diesem miesen Kerl schon.

Zwischengedanken:

> *Wenn es auch immer heißt, man solle keine schlafenden Hunde wecken, so konnte ich es mir einfach nicht verkneifen, gegen diesen Herrn, wenn auch etwas verspätet, vorzugehen – und sei es auch nur ... gegen ihn zu schreiben.*
>
> *Hier sei etwas im Vertrauen verraten: Mein Kriminalhauptdarsteller heißt in Wirklichkeit gar nicht Strohhaupt. Vielleicht hat er auch nie existiert und ist lediglich ein Produkt meiner Fantasie. Ein Fantasieprodukt kann sich aber folglich auch nicht angegriffen fühlen, oder?*
>
> *Also Freunde: Eure Ängste und Fürsorge weiß ich zu schätzen, aber meine Pension stiehlt mir niemand. Sie ist und bleibt mein Schmerzensgeld.*
>
> *Vielleicht lebt er auch schon gar nicht mehr. Das wäre allerdings schade, denn dann hätte er ein wichtiges Lebensziel nicht erreicht: die totale Vernichtung des Querulanten Wolfgang Hochhardt.*

Unsere Ehe hat Strohhaupt auf dem Gewissen, obwohl er nicht unmittelbar etwas mit der Zerbröckelung zu tun hatte. Anita und ich waren zwar im Streiten, in Kompromissen, im Durchhalten und Durchstarten erprobt, doch selbst unsere

feingeistige Streitkultur zerbrach und en-
dete in den resignativen Worten:
 „... ich kann nicht mehr!"

Ich kann es drehen und wenden, wie ich
will – weit und breit waren keine kräfti-
genden Hilfen für uns in Sicht. Es hilft mir
heute auch nicht mehr viel, wenn ich um
Antworten ringe, mir den Kopf zum x-ten
Male zermartere und immer wieder ver-
zweifelt schreie: WARUM?
Was mir blieb, war die Möglichkeit, einige
Jahre nach meiner Zurruhesetzung das
Erlebte aufzuschreiben, um es danach
besser verarbeiten zu können.

Eines Tages riefen mich einige Bürger an und baten um Hilfe. Sie taten sich zunächst schwer, ihre Bitten und Fragen zu formulieren, bis sie dann verängstigt und scheu von Strohhaupt berichteten. Dieser habe *sehr engen* Kontakt zu einem jungen Mann (einem Strichjungen) gehabt, der vor einiger Zeit ermordet in dem holländischen Fluss Maas – mit Draht umwickelt – aufgefunden wurde. Von diesem Fall hatte ich schon gehört, und auch von den Gerüchten um Strohhaupt, doch einen Mord wollte ich ihm nicht so recht zutrauen.

Doch die Anrufer ließen nicht locker und baten um ein Treffen mit mir, da sie mir vertrauen könnten ... Vielleicht hatten sie von mir in den Zeitungen gelesen und wohl auch um einen Meinungsstreit zwischen Strohhaupt und mir, den er unbedingt öffentlich in der Presse austragen wollte. Dabei ging es nur um soziologische und weniger um kriminalistische Fragen, Anschauungen und Würdigungen. Er griff mich ständig und eifernd in Leserbriefen an und entlud seinen Ärger stets mit dem Anfangssatz:

„Der Jungsozialist Hochhardt ...“

Dabei hatte ich ihm nichts getan. Aber allein die Tatsache, dass ich – für sein Dafürhalten – zu oft in der Zeitung stand, war für ihn Grund genug, mich öffentlich anzugreifen.

Ich ließ mich also auf ein Treffen mit zwei Männern und einer Frau ein, um mir ihr Anliegen anzuhören. Was ich bei dieser Zusammenkunft zu hören bekam, war schon starker Tobak und klang beinahe wie aus einem Mafia-film.

Wir saßen in meinem Haus zusammen und eine Frau Halter erzählte mir von ihrem Sohn, der vor einiger Zeit in einem Heinersberger Hotelbett verbrannt aufgefunden wurde. Von dem Fall hatte ich ebenfalls gehört, kannte jedoch die näheren Umstände nicht, die zum Tod des jungen Mannes geführt hatten. Ich war Sachbearbeiter für Eigentumsdelikte und konnte mich daher schon aus Zeitgründen nicht um ressortfremde Delikte kümmern.

Horst Halter, so hieß der junge Mann, habe wohl in seinem Bett geraucht, sei eingeschlafen und das Bett habe Feuer gefangen.

So weit war dies ein Fall wie jeder andere.

Eine Obduktion der Leiche wurde nicht veranlasst. Erst sehr viel später, nicht zuletzt durch die Hartnäckigkeit der Mutter, wurde die Leiche exhumiert und festgestellt, dass Halter vor dem *Brandunfall* erschossen wurde.

Dies ist insofern ungeheuerlich und beinahe unglaublich, weil eine Schussverletzung an der Brandleiche unmittelbar nach der Tatzeit oder etwas später – nach der Leichenbeschau – hätte festgestellt werden müssen.

Die sich anschließenden Ermittlungen verliefen jedoch im Sande und die Ermittlungsakte wurde nach unverhältnismäßig kurzer Zeit von der Staatsanwaltschaft geschlossen. Frau Halter bat mich um Hilfe, da sie nicht eher schlafen könne, bis das Verbrechen an ihrem Sohn aufgeklärt sei.

Dabei fiel schon wieder einmal der Name Strohhaupt, den ihr Sohn des öfteren erwähnt habe *(„... ich kann beweisen, dass Strohhaupt etwas mit Bennys Tod* (die Maasleiche) *zu tun hat.")*

Horst Halter jedoch kam nicht mehr dazu, sein Wissen weiterzugeben.

Es war mir zum damaligen Zeitpunkt, und auch heute noch, schleierhaft, warum die Staatsanwaltschaft ganz einfach die Ermittlungen einstellte (zumal sie von Halters Mutter konkrete Verdachtsmomente erhalten hatte).

Ich konnte nichts für die Frau tun, zumal die Brand- bzw. Mordsache als ungeklärt bei der Staatsanwaltschaft in einem Aktenberg lag. Sie erwähnte in diesem Zusammenhang auch immer wieder die Namen zweier Kriminalbeamter, die in der Zentralbehörde des Kreises Kleinenkirchen-Heinersberg (Erkesdorf) ihren Dienst verrichteten und so etwas wie Strohhaupts persönliche Bluthunde waren. Ich erwähnte die beiden vorab schon. Rosinus und Raffer hießen sie, die – ausgestattet mit Dienstausweisen und Dienstpistolen – persönliche Recherchen für ihren Chef anstellten und sichergehen konnten, bei ihren teils Grundrecht verletzenden Ermittlungen nie erwischt zu werden. So ganz nebenbei hatten sie bei ihren Ermittlungen einen Dieb auf frischer Tat erschossen. In Notwehr, weil dieser mit einer Waffe auf sie gezielt habe. Die Angelegenheit sorgte jedoch nur in der Anfangszeit nach dem Vorfall für etwas Aufregung. Ein paar Schlagzeilen in der regionalen Presse; dann kochte man das Thema runter. Auch hier gaben sich die Anverwandten des Getöteten nicht mit den Ermittlungen zufrieden und wanderten tagtäglich zur Erkesdorfer Polizeiwache, um ihre Beschwerden vorzutragen.

Die Schwester des angeblichen Diebes schwor Stein und Bein, ihr Bruder habe nie eine Waffe besessen und demzufolge auch nicht auf die Kriminalbeamten zielen können. Den uniformierten Kollegen auf der Erkesdorfer Wache gingen die täglichen Besuche bald auf die Nerven und sie speisten die Angehörigen ärgerlich mit läppischen Vertröstungen ab.

Strohhaupt thronte weiterhin unbehelligt in seiner Erkesdorfer Kriminalzentrale und unterschrieb seine diversen Anordnungen und Tagesdienstpläne mit einer zehn Zentimeter langen, gelben und senkrechten Unterschrift, die ihn schon äußerlich von „gewöhnlichen" Kriminalbeamten unterscheiden sollte.

An einem SPD-Podiumsabend saßen wir Jusos mit unseren Ortsvereinskanalarbeitern in Heinersberg zusammen und diskutierten mit den Bürgern zusammen das Thema Kindererziehung. Ich traute meinen Augen nicht, als ich meinen Chef (Strohhaupt) erblickte.

Bedeutungsschwanger ergriff er das Wort und sonderte seine Auffassung von moderner Kindererziehung ab:

„Wenn meine Kinder sich danebenbenommen haben, dann dürfen sie sich ihre Strafen selbst aussuchen. Entweder eine Tracht Prügel oder eine Woche Stubenarrest."

Wir mussten über diese Erziehungsoffenbarung lauthals lachen, wobei sich Strohhaupt auch noch unangenehmen Bürgerfragen ausgesetzt sah. Tödlich beleidigt schaute Strohhaupt vor allem mich an, so, als habe er soeben meinen Tod beschlossen. Dann packte er viel zu hastig seine Sachen und verließ die Podiumsrunde.

O ha ... mir schwante nichts Gutes und mein Gefühl sollte mich nicht trügen.

Ein paar Jahre später sorgte er mit konstruierten Ermittlungsergebnissen dafür, dass ich frühzeitig pensioniert wurde. Viele meiner Kollegen bekamen das teilweise mit; ihr Mitgefühl erschöpfte sich jedoch in Kopfschütteln und ohnmächtigem *Danebenstehen*.

Wer wollte es ihnen verdenken? Schließlich hatten sie allesamt Familie, verrichteten ihren Dienst korrekt und wollten nicht unbedingt auffallen.

Außerdem war es manchmal gar nicht so schlecht, einen Kollegen auf der Dienststelle zu haben, auf den sich die Vorgesetzten eingeschossen hatten; umso mehr wurden eigene kleine Unkorrektheiten übersehen.

Josef Huhn war ein Kleinkrimineller, der diverse Gefängnisse von innen kannte. Ich hatte schon oft mit ihm zu tun: Festnahmen, Vernehmungen und Durchsuchungen seines Zimmers (er wohnte in einem Männerheim). Seine persönlichen Dinge hatte ich bereits x-mal gesehen. Seinen Spind, sein Bett, Messer, Löffel und Gabel, zwei Bücher, ein bisschen Unterwäsche und seine Schuhe, die aussahen wie ausgetretene Elbkähne, und auch noch ein auffälliges Sohlenprofil besaßen.

An Durchsuchungen war er gewöhnt und eigentlich konnten wir uns die Mühe sparen, sein Zimmer zu durchsuchen. Diebesgut fanden wir ohnehin nicht. Außerdem hatten wir zu jederzeit Zutritt zu seinem stets unverschlossenen Zimmer.

So lebte er mehr recht als schlecht in den Tag hinein, holte sich pünktlich seine Sozialhilfe ab und trampte ab und zu mit seinem Rucksack quer durch den Landkreis; er ließ hier und dort, je nach Jahreszeit, Obst und/oder Gemüse mitgehen und wagte es sogar, wenn er sich unbeobachtet fühlte, einem Huhn den Hals umzudrehen, um es anschließend zu verkaufen.

Dabei war Josef alles andere als dumm. Er war noch nicht einmal „nur" bauernschlau, sondern irgendwie ein Existenzialist – ein verschmitzter Philosoph mit Abitur und angefangenem Philologiestudium.

Bei den unzähligen Vernehmungen versuchte er stets, die Vorwürfe gegen sich abzustreiten, die haltlosen Verdächtigungen als bloßes Konstrukt abzutun oder, wenn er sicher als Täter überführt wurde, seine Tat als Notwehr gegen die verrohte Gesellschaft zu minimieren.

Eines aber vermisste ich wohl tuend bei Josef: Gewaltbereitschaft und eine hoch entwickelte kriminelle Energie.

Ich war erstaunt, als ich eines Tages eine Ermittlungsakte aus Erkesdorf in meinem Dienstfach sah, übertitelt mit *Diebstahl Huhn.*

In ein Bauernhaus – in der Nähe von Erkesdorf – war vor zwei Nächten eingebrochen und Bargeld entwendet worden. Vor dem Tatort (Einstiegfenster) hatte man im feuchten Erdreich Schuhspuren gesichert und diese Spuren in Zusammenhang mit Josef Huhn gebracht. Angeblich sei der Täter gesehen worden und nach der Beschreibung solle es Josef Huhn sein.

Hiernach fuhr ich zum Männerwohnheim und traf Josef dort schlafend an. Er war noch „voll des süßen Weines" und nur mühsam kehrten seine Lebensgeister in ihn zurück.

Als ich ihm den Einbruch vorhielt und seine Schuhe sehen wollte, torkelte er zu seinem Spind und übergab mir seine ausgetretenen Latschen. Ich steckte sie in eine Plastiktüte, forderte ihn auf sich anzuziehen und mitzukommen.

Auf der Dienststelle wurde Josef erst richtig wach und wehrte sich nach alter Manier.

Diesmal aber glaubte ich seinen Beteuerungen. Vor allem, als er ein paar Mal den Namen Strohhaupt erwähnte:

„... dieser Drecksack will mich wohl auch noch ins Grab bringen ..."

Auf mein Nachfragen hin erklärte mir Josef Huhn, sein Cousin Benny Bennens sei von Strohhaupt um die Ecke gebracht worden. Jetzt wolle er mögliche Mitwisser beseitigen, so Huhn.

Schon wieder fiel der Name Strohhaupt in Verbindung mit einem Verbrechen. Etwas zu oft in letzter Zeit, wie mir schien...!

Als ich Näheres von Josef wissen wollte, gab er sich verschlossen und zeigte sich lediglich verbittert und stur. Ich ließ ich es also dabei und drang nicht weiter in ihn ein.

Ich vernahm ihn, wobei er mir kein Alibi für die Tatzeit nennen konnte. Jemand habe ihn vor zwei Tagen in einer Kneipe angesprochen und ihm bis in die Nacht hinein ständig Bier spendiert. Den Namen ... nein, den wisse er nicht mehr.

Während dieser Zeit habe man wohl aus seinem Zimmer seine auffälligen Schuhe entwendet und sie später am Tatort ins feuchte Erdreich gedrückt. Die Schuhspuren hatte man dann ausgegipst und der Ermittlungsakte beigefügt...

Diesmal hörten sich Josefs Einlassungen nicht wie eine konstruierte Räuberpistole an, sondern eher glaubhaft.

Nach einigen Wochen schloss ich die Ermittlungsakte und schickte sie an die Staatsanwaltschaft. Erst viel später hörte ich von Josefs Verurteilung: Er wanderte für fast zwei Jahre in den Knast.

Ohne jeglichen Anhaltspunkt für Strohhaupts Verschulden konnte ich zu dieser Zeit gar nichts für Josef Huhn tun. Aber selbst mit einigermaßen glaubwürdigen Beweisen hätten meine Ermittlungen zu keinem Erfolg geführt. Eigentlich wollte ich auch gar nicht mit meinen dürftigen Beweisen gegen Strohhaupt ins Gefecht ziehen; meine Erfolgsaussichten waren gleich Null.

Angst hatte ich eigentlich nicht vor ihn, spürte jedoch zu sehr seinen blanken Hass gegen mich, um nicht vorsichtig zu sein. Dienstliche Vorgänge und Interna konnte (und durfte) ich keinem Dritten anvertrauen, auch meinen Parteigenossen nicht. So war ich auf mich alleine gestellt mit meinen Verdachtsmomenten; der Staatsanwaltschaft wollte ich mich nicht erklären – zumal ich nicht wusste, ob und wie sie mit Strohhaupt kungelte.

Meine Frau hatte mit sich und den Kindern genug zu tun und ich wollte sie auch nicht mit meinen dienstlichen Problemen belasten. Hin und wieder redete ich mir mein *Strohhaupt-Problem* klein; vor allem dann, wenn ich lange Zeit nichts mehr von ihm hörte. Dieses Gefühl dauerte jedoch nicht lange an, denn bald schon bekam ich Strohhaupts Rachsucht unmittelbar zu spüren.

Es begann mit einer Annonce in der ADAC-Zeitschrift, die ich eines Tages in die Hände bekam:

> *„Abhörgeräte-Sender und Empfänger zu verkaufen. Inbetriebnahme nur für den Export bestimmt."*

Selbstverständlich würde sich niemand ein Abhörgerät kaufen, um es nicht in Betrieb zu nehmen. Ich wollte die Anzeige im Kollegenkreis und dem Leiter der Kriminalaußenstelle, Herrn Hensen, besprechen. Dieser war jedoch für 14 Tage nicht im Hause; dafür hatte Herr Strohhaupt seine Vertretung übernommen.

Diesem Mann ging ich zumeist aus dem Weg und nur dann, wenn es dienstlich nicht zu umgehen war, sprach ich mit ihm. So auch in der Abhörsache.

Strohhaupt zeigte sich neugierig und bat mich, im *dienstlichen Interesse,* ein solches Abhörgerät zu bestellen. Ich hatte keine Bedenken dagegen, zumal das Gerät nur 30 DM kosten sollte, und bestellte mir noch am gleichen Tag einen Abhörsender.

Ein paar Tage später wurde das Gerät geliefert. Ein flaches, schwarzes Kästchen, ca. vier Mal vier Zentimeter groß, wobei der Sender in einer Kautschukmasse eingegossen war. An der Seite befand sich ein kleines Rädchen, womit man die Frequenz einstellen konnte. Ich ging damit am anderen Morgen zu Strohhaupt und zeigte ihm den Sender. Er schaute sich das Kästchen kurz an und bat mich, es wieder mitzunehmen, er wolle die Staatsanwaltschaft davon in Kenntnis setzen.

So weit erschien mir seine kurze *Stellungnahme* plausibel und schlüssig; ich nahm den Sender wieder an mich und dachte ein paar Tage nicht mehr daran. Den Sender legte ich zu Hause in der Originalpostverpackung in die obere, hintere Ecke eines Küchenhängeschrankes – unzugänglich für Dritte.

Ein paar Tage danach fuhr ich zusammen mit einem Freund in einen Kurzurlaub nach London. Als ich nach einer knappen Woche wieder einmal zu Hause anrief, um mich nach dem Befinden meiner Frau und meinen Kindern zu erkundigen, traf mich fast der Schlag. Weinend erzählte mir meine Frau, einige Männer seien am frühen Morgen in unser Haus, durchs Kinderzimmerfenster, eingedrungen und hätten sämtliche Zimmer, den Keller und unsere Garage durchsucht. In Windeseile packten mein Freund und ich unsere Sachen zusammen und fuhren auf dem schnellsten Wege wieder nach Hause.

Als ich zu Hause eintraf, stand meine Frau immer noch unter dem Eindruck der Durchsuchung und zitterte am ganzen Körper. Stockend erzählte sie mir von dem morgendlichen Überfall: Drei Autos vom Bundeskriminalamt (BKA), Landeskriminalamt (LKA), Kriminalpolizei Erkesdorf sowie einem Peilwagen der Deutschen Bundespost wären vor unser Haus gefahren und über 10 Männer aus den Fahrzeugen gesprungen. Hiernach über unseren Vorgarten gelaufen – bis an die Kinderzimmerfenster – und hätten unter lautem Klopfen unsere Kinder aufgefordert, die Fenster zu öffnen. Sie habe sich gewundert, warum die Männer nicht an unserer Haustüre geläutet, sondern in Rollkommandomanier unser Haus gestürmt hätten.

Einen Durchsuchungsbeschluss konnten sie, auf das Verlangen meiner Frau hin, nicht vorzeigen, wobei sich vor allem die Erkesdorfer Kriminalbeamten mit Beleidigungen hervorgetan hätten, u. a.:

„Wo ist denn Ihr sauberer Mann?"

Wie ich später erfuhr, handelte es sich um die Strohhaupt-Vertrauten Rosinus und Raffer.

Ich musste erst einmal meine Gedanken sortieren und konnte diese Dreistigkeiten fast nicht fassen; ich nahm meine Frau in den Arm und versuchte so gut es ging, sie zu trösten. Jetzt durfte ich noch nichts unternehmen und im ersten Wutrausch falsche Reaktionen zeigen.

Mittlerweile war es auch schon fast Abendzeit und ich hätte an diesem Tag nichts mehr unternehmen können. Also machte ich so etwas wie einen Schlachtplan und ging an diesem Tag mit meiner Frau erst sehr spät zu Bett.

Am nächsten Tag fuhr ich zu meiner Dienststelle nach Kleinenkirchen und ging – ohne mich wie sonst zunächst auf dem Geschäftszimmer sehen zu lassen – in mein Zimmer und rief von dort aus die Staatsanwaltschaft an. Ich sollte jedoch niemanden dort erreichen, jetzt nicht und auch nicht in den folgenden Tagen.

Strohhaupt war ebenfalls unauffindbar und so gab mich daran, auf meine eigene Weise Licht in die dunkle Angelegenheit zu bringen. Ich sollte in der darauf folgenden Zeit spüren, wie mir meine Kollegen mehr und mehr mit kargen Worten aus dem Weg gingen. Mein Magengeschwür meldete sich immer heftiger, so dass ich daraufhin des öfteren krank wurde.

Inzwischen fand ich heraus, dass Strohhaupt offiziell gegen mich ermittelt hatte: wegen Verstoßes gegen das Fernmeldeanlagengesetz.

Demnach hätte ich ein „Abhörgerät" bei einem Hamburger Versandhandel bestellt und würde es auch benutzen.

Das war es also. Strohhaupt hatte meine dienstliche Mitteilung an ihn bewusst fälschlich zu einer von mir begangenen Straftat deklariert.

Eine entsprechende Ermittlungsakte gegen mich fand sich eines Tages auf meiner Dienststelle ein und ich wurde daraufhin von einem Beamten einer anderen Dienststelle vernommen.

Auf meine Einlassungen hin spürte ich, dass mir dieser Beamte nicht glaubte – zu aberwitzig erschienen ihm meine Verdächtigungen, obwohl ich ihm lediglich die reine Wahrheit sagte.

Das machte mir zu diesem Zeitpunkt schon beinahe nichts mehr aus. Strohhaupt hatte mir den Krieg erklärt und ich stellte mich von Stund an darauf ein.

Wie ein Schießhund achtete ich auf meine dienstlichen Obliegenheiten, um diesem Dreckschwein auch nicht den kleinsten Grund für Beanstandungen zu liefern. Gegen meine Dienstausfallzeiten konnte er nichts machen, auch nichts gegen die sich daraus ergebenden Verschleppungen meiner Sachbearbeitung.

Doch nun glaubte Strohhaupt wiederum einen Grund zu haben, gegen mich vorgehen zu können. Er zeigte sich im „dienstlichen Sinne" besorgt um meine Gesundheit, die eine kontinuierliche Sachbearbeitung nicht mehr zulasse, und meldete dies dem Oberkreisdirektor des Kreises Kleinenkirchen-Heinersberg. Hauptsache, in meiner Personalakte stand dieser Unsinn, der mich langsam mürbe machen sollte.

Er ließ mich sogar vernehmen: im Rahmen der Dienstaufsicht.

Ich ließ auch diese Demütigung über mich ergehen, glaubte ich doch, diese *Sonderbehandlung* würde ein Ende finden und meine Zeit noch kommen. Mit meinen Juso-Genossen sprach ich nun des öfteren über den fürsorglichen Strohhaupt. Diese waren von meinen Schilderungen so erbost und boten sich an, das Schwein an den Hörnern zu packen – was ich natürlich dankend ablehnte.

Außerdem waren wir nicht zuletzt durch unser pazifistisches Gedankengut zusammengeschweißt und wollten dies nicht unbedingt durch Gewalt unter Beweis stellen.

Auf meiner Dienststelle erlebte ich mehr und mehr eine reservierte Haltung meiner Kollegen gegen mich, die bewusst von Strohhaupt geschürt und gestützt wurde. Während meiner Abwesenheit beklagte er meine Dienstausfallzeiten, die leider *auf die Knochen* der Kollegen gingen. Somit baute er in subtiler Manier eine Wand zwischen den Kollegen und mir auf.

Damals sprach man noch nicht von Mobbing, mehr von *Schneiden* und *Nichtbeachtung*. Meiner Familie blieb das natürlich nicht verborgen und langsam bemerkte ich eine von mir nicht für möglich gehaltene Instabilität unserer vormals unzerstörbaren Familienfestung.

Meine Güte, das durfte doch alles nicht wahr sein ... Strohhaupts grenzenlose Rache zeigte tatsächlich erste Wirkungen in meiner kleinen

Familie. Je mehr meine Artikel und Berichte über Bürgerversammlungen und sonstige politische Aktivitäten in den Zeitungen erschienen, umso nachhaltiger reagierte Strohhaupt mit seinen Kommentaren und Gegenmeinungen. Seine Bluthunde Rosinus und Raffer waren derweil nicht untätig und ermittelten in meiner Nachbarschaft, befragten meine Freunde und Bekannten über meine privaten Aktivitäten und legten ihnen sogar Beschuldigungen gegen mich in den Mund. Was sie jedoch nicht im Kalkül hatten: Viele meiner Freunde vertrauten sich mir an und berichteten mir von den Rosinus-Raffer-Methoden.

Sie wollten mich mit allen Mitteln einer Straftat überführen und scheuten auch nicht davor, Aussagen gegen mich von Nachbarn zu erpressen:

„Sie wollen doch weiterhin in Ruhe leben? Wir sorgen schon dafür, dass es so bleibt. Dann arbeiten Sie auch gefälligst ein bisschen mit uns zusammen."

Ich notierte und dokumentierte mir inzwischen pingelig genau diese Abscheulichkeiten und trug sie dem Hauptpersonalrat beim Regierungspräsidenten in Köln vor. So stand ich denn mit meinem Aktenkoffer vor den Kölner Herren und legte ihnen genau 24 Beweise vor. Allesamt Grundrecht verletzende Ermittlungen, Erpressungen und Körperverletzungen im Amte, begangen von Herrn Strohhaupt und seinen Handlangern.

Kapitel 13

Sie traten allesamt auf der Stelle, räusperten sich einigermaßen verlegen und sahen mich dabei ziemlich hilflos an. Gegen meine hieb- und stichfeste Dokumentation konnten sie nichts einwenden, mussten sich jedoch jetzt und sofort äußern, weil ich darauf bestand. Ich wollte mich nicht vertrösten lassen – nein – das ließ ich nicht zu.

Jemand aus dieser Runde schlug eine Pause vor, in der man sich beraten wolle. Nach ca. einer halben Stunde erschienen die Herren wieder und erteilten dem Sprecher dieser Runde das Wort:

„... bla ... bla ... bla, Herr Hochhardt ...“

Mein Vortrag habe sie doch berührt und die Anschuldigungen gegen Strohhaupt seien – vorbehaltlich einer Untersuchung – schlüssig und sehr schwer wiegend. Leider könne man seitens des Personalrats keine Maßnahmen gegen Strohhaupt ergreifen, weil man erst die staatsanwaltlichen Ermittlungsergebnisse abwarten müsse. Was den täglichen Dienst angehe, so würde man bitten, mich von meiner Dienststelle abordnen zu lassen in eine benachbarte Dienststelle ... natürlich nur mit meiner Zustimmung. Außerdem wäre es im Sinne des Dienstfriedens. Den Dienstbereich könne ich mir aussuchen, d.h. das Kommissariat.

Herrn Strohhaupt könne man leider nicht um seine Abordnung bitten, schließlich sei er der Leiter der Kriminalpolizei ... und so einfach ginge das nicht ...

Na ja, was sollte ich dagegen auch schon einwenden? Unnachgiebig stur wollte ich mich letztlich nicht zeigen und stimmte diesem Kompromiss zu. Einen Teilerfolg hatte ich errungen. Oder war das im Grunde eine Niederlage?!

Die Verbrecherspinne saß nach wie vor in ihrer Netzzentrale und ich, ihr Opfer, war ihr lediglich für einige Zeit entkommen.

Durch die Abordnung in eine andere Dienststelle stand mir auch eine Trennungsentschädigung zu und ich konnte mich dienstlich eigentlich nicht beschweren (dachte ich), bis ich in der Kriminalaußenstelle Belsdorf meinen Dienst antrat.

An diesem Tage begrüßte mich der Leiter dieser Dienststelle mit den Worten:

„Ich hoffe, Sie arbeiten hier besser mit den Kollegen zusammen als in Kleinenkirchen." Na, das war ja ein Superempfang!

Natürlich hatte Strohhaupt mich schon vor meinem Dienstantritt telefonisch entsprechend angekündigt und von mir das Bild eines *Querulanten* und *Krankfeierers* gezeichnet.

Herr Matschke, der Belsdorfer Kripoleiter, war zumindest so anständig, mich auf diese Intrige hinzuweisen.

Mir wurde zunächst ein riesengroßes Dienstzimmer zugewiesen, in dem ich als Sachbearbeiter für BTM-Delikte (Betäubungsmittel), Todesermittlungen, Vermisstenangelegenheiten und Delikte gegen die sexuelle Mitbestimmung zu arbeiten hatte.

Mein Vorgänger in diesem Sachbereich war ein Belsdorfer Einwohner, der schon über 30 Jahre seinen Dienst hier verrichtet hatte und aufgrund meiner Abordnung nun sein Zimmer räumen musste. Außerdem stand er kurz vor der Pensionierung und wurde zur Kriminalwache nach Aachen versetzt. Darüber war er nicht gerade erfreut und seine Kollegen ließen mich von Beginn an merken, wie sehr sie mich *ins Herz geschlossen* hatten: den Störenfried und Eindringling. Für sie stand fest, dass ich ihren beliebten Kollegen vertrieben hatte, um mich hier gemütlich einzunisten.

Meinen Dienst schaukelte ich trotzdem so über die Runden; von Diensteifer jedoch war ich nicht unbedingt ergriffen und schon bald wollte ich einfach ausbrechen aus diesem Intrigenkreis.

Immer mehr gingen mir die unverhohlenen *Schneidereien* an die Substanz und Restlebensfreude. Schon längst litt ich nicht nur mehr unter einem Magengeschwür; vielmehr hatte ich einen Seelenknacks bekommen. Ich nahm stark ab, bemerkte an und in mir motorische Störungen (Zittern an Händen, Füßen und Sprache) sowie eine chronische Schlaflosigkeit.

Meine Familie litt nun noch mehr unter mir und meiner Unzufriedenheit. In dieser depressiven Zeit wurde wohl auch der Grundstein für Anitas und meine Scheidung gelegt, die einige Jahre später erfolgen sollte.

Aus unserer anfangs so einmalig starken Liebe und blindem Verstehen wucherten nun Luftwurzeln, Misstrauen, kritikloses Fremdgehen und Hoffnungslosigkeiten. An unseren Kindern ging das alles bestimmt nicht vorbei...!

Sorry, Anita, Stefan und Thommy!

Anita[+],
solltest du dort oben in Mutter Universums Frieden eines Tages diesen Strohhaupt sehen – was ich allerdings kaum glaube – dann versetze ihm, mit speziellen Grüßen von mir, ein paar ordentliche Gerade in seine verlogene Fratze.

Wenn ich schon dabei bin, Grüße zu schicken, dann möchte ich den Kleinenkirchener Kollegen, die sich angesichts Strohhaupts gnadenloser und teilweise offener Hatz gegen mich so peinlich zurückgehalten haben, für ihren selbstlosen Einsatz danken.

> *Ja, ich weiß, was ihr sagen wollt:*
>
> *„… das haben wir doch alles nicht gewusst. Wir hätten bestimmt …", … und immer so weiter.*
>
> *Wisst ihr was? Ich schaue euch ganz einfach nicht mehr mit meinem Allerwertesten an; das reicht mir! Solltet ihr euch getraut haben, dieses Buch durchzulesen, dann schlaft gut und sprecht mich bitte nie mehr an!*

Ich hatte wieder einmal dienstliche Post bekommen: vom Polizeiarzt in Aachen. Demnach hätte ich mich zu einer dienstärztlichen Untersuchung einzufinden.

Nun gut ... ich fuhr nach Aachen und sprach dort mit dem Polizeiarzt Dr. Funke.

Er sah mich kurz an, lächelte dabei und zeigte mir einen Brief der Kreispolizeibehörde Kleinenkirchen-Heinersberg, Leiter der Kriminalpolizei: Kriminalbezirkskommissar Strohhaupt.

Hierin wurde von Strohhaupt angeregt, mich auf meinen Geisteszustand hin untersuchen zu lassen, da ich offenbar für den Dienst in der Kriminalpolizei nicht mehr geeignet sei. Dr. Funke zeigte mir auch die Anhänge dieses Schreibens.

Ich erkannte ein paar meiner Gedichte und Biografien über Ulrike Meinhof. Jetzt war mir klar, was Strohhaupt im Schilde führte und schon vor langer Zeit vorbereitet hatte: Er hatte bei der damaligen Durchsuchung meines Hauses einen Teil meiner Lyrik und Unterlagen über Ulrike Meinhof entwenden lassen, um sie eines Tages gegen mich verwenden zu können.

Dr. Funke jedoch erkannte die Kampagne gegen mich und entließ mich nach ein paar körperlichen Untersuchungen. Ich war und bin ihm dafür dankbar.

Ich fühlte mich an Leib und Seele geschunden, kam mir wie ein Spielball Strohhaupt'scher Machenschaften vor und musste dennoch so gut es ging meinen Dienst verrichten. Meine

Familie gab es immerhin noch, mein Haus hatte ich zu finanzieren und so schnell war ich– verdammt noch mal – nicht in die Knie zu zwingen.

Bei den folgenden Einsätzen und Fahndungen nach RAF-Mitgliedern stand ich oftmals mit uniformierten Kollegen und einer MP an Autobahnauf- und Abfahrten. Vor allem achteten wir auf große Limousinen der Automarken Mercedes, BMW, Audi und Porsche, die vornehmlich von der RAF benutzt wurden.

So ganz insgeheim und in Gedanken versunken wünschte ich mir oft, ein RAF-Mitglied zu sein – wie Ulrike Meinhof, Andreas Baader, Jan Carl Raspe, Holger Meins oder Gudrun Ensslin. Vor allem Ulrike Meinhofs Werdegang war in den ersten Jahren ihres Widerstandes nicht von Gewalt geprägt ... bis sie die heuchlerischen Machenschaften – u. a. die des Springer-Imperiums – nicht mehr ertrug, in den Untergrund ging und sich für den bewaffneten Kampf bzw. Notwehr entschied. Sie allesamt zeigten Konsequenz und beeindruckten mich durch ihre Unbestechlichkeit und Gradlinigkeit.

Dagegen kam ich mir wie ein armes Würstchen vor, das inzwischen schon bei mittleren Anwuchtungen aus dem Anzug sprang. Außerdem schlummerten in mir noch *Drittes-Glied-Restgene.*

131

Nein, zum Revolutionär war ich nicht geboren, aber auch nicht zum Mitläufer, der Ruhe als erste Bürgerpflicht anstrebte. Vielleicht war ich zu sehr Gerechtigkeit empfindend, das trifft es schon eher. Zudem war ich mittendrin in den originären Aufbruchjahren, in der verklärten Peace-Aera.

Alles in allem jedoch ein regionaler Kommandante Che, der mit Schreibmaschine, Bleistift und flammenden Reden bei Bürgerversammlungen die Welt von Heinersberg aus verändern wollte.

Die RAF-Morde ließen mich später differenzierter über alles nachdenken. Eine friedliche Revolution a la Martin Luther King u. a. war schon eher meine Weltanschauung. So beließ ich (beließen wir) es dann bei abendlichen Treffen und dem Absingen revolutionärer Songs.

Aber selbst diese Harmlosigkeiten irritierten Strohhaupt und stellten eine direkte Bedrohung für ihn dar.

Strohhaupts Lebensaufgabe bestand jetzt nur noch darin, mir einen finalen Stolperstein in den Weg zu legen, um mich aus dem Dienst entfernen zu lassen. Sein vorletzter Versuch während meines noch aktiven Dienstes bestand darin, mich in ein Sanatorium einweisen zu lassen – in Ahrweiler.

Es war in der Voradventszeit 1976, als mir ein Einfindungsbescheid meiner Dienststelle ins Haus flatterte. Ich solle mich in dem Sanatorium *Ehrenknall* in Ahrweiler melden, um eine Kur zu absolvieren. Ich nahm das Schreiben ganz gelassen zur Kenntnis, wusste ich doch, es war mal wieder von Strohhaupt initiiert und sollte als Mosaiksteinchen zu meiner Entlassung dienen.

Ich packte also meine Sachen, setzte mich in meinen weinroten Mercedes 220D und tuckerte los in Richtung Ahrweiler. Aufgeregt war ich inzwischen nicht mehr, denn mein Weg war irgendwie schon gewiesen; ich wusste bloß noch nicht, in welche Richtung er führte. Strohhaupt würde es nicht schaffen, mich aus dem Dienst entfernen zu lassen, das hatte ich mir geschworen.

Gegen Mittag kam ich in Ahrweiler an und fuhr direkt zum Sanatorium *Ehrenknall*, das äußerlich wie eine Jugendstilvilla aussah. Nachdem ich mich am Empfang gemeldet und meine Koffer abgestellt hatte, wies man mir ein riesengroßes Zimmer zu, das ich alleine bewohnen sollte.

Nachmittags war ein Entreegespräch mit dem Leiter dieses Sanatoriums, Dr. Klick, anberaumt, eine ebenso zerstreute wie senile und klapprige Erscheinung, wobei er mich während dieses Gesprächs vor allem nach meinen Kinderkrankheiten befragte und:

„Wie geht es Ihnen denn sonst so?"
Ich musste mir angestrengt ins Gedächtnis rufen, dass nicht er, sondern ich der Patient in dieser merkwürdigen Klinik war. Das sollte während meines siebenwöchigen Aufenthalts in diesem Sanatorium das einzige Gespräch mit einem Arzt bzw. Pflegepersonal sein. Den klapprigen Dr. Klick sah ich nie wieder.

Am nächsten Tag fuhr ich erst einmal wieder nach Hause und am Tag darauf wieder in die *Knall-Klinik*. Es alles war schon sehr eigenartig, denn der Trakt, in dem ich mein Zimmer hatte, galt als *geschlossene Abteilung*.
Das Essen wurde mir auf dem Zimmer serviert und hin und wieder vernahm ich seltsame Geräusche von den Gängen. Als ich aus meinem Zimmer trat, sah ich einen jungen Mann, der auf einem Tischtennisschläger Gitarre spielte; d.h., er spielte so eine Art Luftgitarre, indem er kräftig mit einem Löffel auf imaginäre Saiten eindrosch. Ganz offenbar hatte er nicht alle Latten am Zaun. So ähnlich wie ein mittelalter Kokain-Freak, der mir von seinen Reisen auf dem Sirius erzählte.

Ab und zu sah ich auch ein paar weiß gekleidete Krankenschwestern, die mir Anwendungspläne überreichten. Die *Anwendungen* bestanden ausschließlich aus Bädern in allen Variationen. Ansonsten verbrachte ich meine Tage in den Sporträumen, spielte Tischtennis, Hand-

oder Volleyball und schlief manchmal einfach nur in den Tag hinein. Gelegentlich hielt ich mich auch in einem Gemeinschaftszimmer auf, in dem es nur so von eigenartigen Menschen wimmelte.

Es war ein zusammen gewürfelter Haufen aus Rauschgiftabhängigen, Alkohol- und Depressionskranken. Ich fand heraus, dass vor allem junge Patienten von ihren betuchten Eltern in diese Klinik eingewiesen wurden.

Eine Woche später kam ein neuer Patient zu mir aufs Zimmer, mit dem ich mich ganz gut vertrug. Er war Bahnbediensteter und alkoholkrank. Seine Dienstelle hatte die Einweisung in die Ehrenknall-Klinik veranlasst.

Wir gingen abends des öfteren zusammen ins Städtchen und unterhielten uns über dies und das, tranken auch schon mal ein Glas Rotwein (was meinem Mitbewohner eigentlich untersagt war) und riskierten ein paar Mark in dem Kur-Spielcasino.

An den Wochenenden war ich meistens bei meiner Familie und der Sanatoriumsaufenthalt langweilte mich immer mehr. So kraxelte ich denn wochentags ab und zu in den Wäldern und Weinbergen umher und sammelte Wurzeln, die ich auf meinem Zimmer zu Adventsgestecken verarbeitete, um sie später den Krankenschwestern zu schenken.

Als diese Sanatorium-Farce endlich zu Ende ging und ich wieder in meiner Heimatbehörde meinen Dienst antrat, erhielt ich wieder einmal vom polizeiärztlichen Dienst eine Einladung nach Aachen.

Bei diesem Termin zeigte mir Herr Dr. Funke ein Gutachten des Dr. Klick. Darin stand ziemlich wörtlich:

> *„Herr Hochhardt leidet unter einem zwanghaften Helfersyndrom und das fand Bestätigung in mehreren Gesprächen ..."*

Über dieses *Gutachten* musste ich herzlich lachen und klärte Herrn Dr. Funke über die Behandlungen in dem Ehrenknall-Sanatorium auf.

In diesem Gutachten wurden auch meine Adventsgestecke erwähnt, die ich den Krankenschwestern gebastelt hatte. Das war für den senilen Dr. Klick Grund genug, meine Aktivitäten als pathologisch zu begutachten.

Kurz und gut (oder schlecht):

Strohhaupt hatte es nicht geschafft, mich durch seine seltsamen Methoden aus dem Dienst als untauglich entfernen zu lassen.

Inzwischen hatte ich mich wieder an den Regierungspräsidenten gewandt und ihm meine Gesamtsituation geschildert.

Mein Spießrutenlaufen in Belsdorf war natürlich nicht beendet und an ein effektives Arbeiten schon lange nicht mehr zu denken. Die Situation schien für alle Beteiligten vertrackt und beinahe unlösbar. Bei einem nochmaligen Besuch in Köln fragte mich ein Vertreter des Hauptpersonalrats, ob ich denn unter diesen Umständen weiter in Heinersberg wohnen bleiben wolle. Ich könne doch in einer anderen Behörde einen unbelasteten Neubeginn starten und mich wieder voll und ganz meiner eigentlichen Aufgabe widmen.

Auf diese Frage hatte ich schon gewartet und mich entsprechend darauf vorbereitet. Natürlich könne ich mich nicht auf solch einen – mir unzumutbaren – Deal einlassen, erklärte ich dem Hauptpersonalrat. Meine Einlassungen waren natürlich schlüssig und die Herren hatten auch nichts anderes erwartet.

Mein Haus hätte ich mir ja nicht mal eben unter den Arm packen und in eine andere Stadt ziehen können. Je nach Fortgang des Gespräches fiel endlich das so bis dahin schamhaft verschwiegene Wort: Frühpensionierung!

Als ich auf dieses Ansinnen nicht sofort empört reagierte, ermunterten sich die Herren selbst, von einer „eleganten" Lösung zu sprechen. Nun quasselten alle auf mich ein und waren davon überzeugt, den Gordischen Knoten erneut durchschlagen zu haben.

„Bedenken Sie, wie viel Zeit Sie jetzt für sich haben ... Sie sind noch jung und das Leben steht Ihnen offen ... bla ... bla ... bla ..."

Mit hochroten Gesichtern hätten sie sich am liebsten auf die Schultern geschlagen, so genial hatten sie das gedeichselt.

Ich nahm mir nun viel Zeit, dieses Angebot zu überdenken und fuhr zum Landesamt für Besoldung und Versorgung nach Düsseldorf. Dort ließ ich mir mein Ruhegehalt im Falle der vorzeitigen Pensionierung ausrechnen und fuhr mit einem beruhigenden Ergebnis entspannt wieder nach Hause.

Die Entspannung sollte aber nicht lange anhalten, denn da war ja noch Strohhaupt, der mich gänzlich fertig am Boden liegen sehen wollte. Eine Frühpensionierung passte nicht exakt in seinen Racheplan. Da half nur noch ein letzter Versuch:

Er veranlasste eine 3-tägige Unterbringung in der Landesklinik Langenfeld, um mich gezielt wieder einmal auf meinen Geisteszustand hin untersuchen zu lassen. So schnell wollte er wohl nicht aufgeben.

Ich blieb auch hier ruhig, zumal der Frühpensionierungs-Count-down schon lief. Ich fuhr also Richtung Langenfeld, bezog ein Zimmer für drei Tage und harrte der Dinge, die da kommen sollten.

Gleich am ersten Tag wurde ich gewogen und vermessen. Es wurde mir Blut abgenommen und der ganze Firlefanz begann von vorne. Eine Untersuchung erschien mir schon sehr merkwürdig. Ich musste mich nackt ausziehen und mich von oben bis unten betatschen lassen. Für mein Empfinden berührte ein untersuchender Arzt viel zu oft meine Hoden und schaute mir in meine hintere Öffnung, so, als habe er dort einen vergrabenen Schatz entdeckt.

Spätestens dann, als er mir seinen rechten Mittelfinger in den Hintern steckte, war mir die ganze Untersuchung doch schon recht suspekt. Schließlich war ich hier ja nicht zur Krebsvorsorgeuntersuchung.

Als ich mich daraufhin umdrehte und seinen Arm ergreifen wollte, ließ er auch schon von mir ab und kritzelte etwas in seine Akten. Bis heute bin ich nicht dahinter gekommen, was diese absonderliche Untersuchung bezwecken sollte.

Ich legte mich nach dieser *Behandlung* auf mein Bett und ging abends ins kleine Städtchen Langenfeld, schaute danach noch etwas in die Fernsehkiste und fand mich am nächsten Morgen zur weiteren Untersuchung bei einem Dr. Flatter ein. Meine körperlichen Untersuchungen seien nun zu Ende und er habe heute und im Laufe des nächsten Tages einige Fragen.

Hiernach musste ich ihm hunderte von Fragen aus allen Gebieten beantworten – aus Naturwissenschaft, Kultur, Literatur, Technik, Recht, Geografie usw., wobei dieser Teil der Befragung gegen Mittag beendet war. Nach dem Mittagessen folgte nun der zweite Befragungsteil, vor allem aus Kultur, Literatur und Geschichte.

„Wer hat die Göttliche Komödie geschrieben?"

„Wer war Adolf Bach?"

„Was ist ein artesischer Brunnen?"

„Wann hat Romulus Augustus gelebt?"

Diese Fragen unter Hunderten habe ich bis heute nicht vergessen, weil ich sie richtig beantworten konnte und Dr. Flatter mich daraufhin ungläubig ansah. Sie waren außerdem so *eminent wichtig* für den alltäglichen Kriminaldienst.

Am späten Nachmittag und nach über 500 Fragen war dieser Teil der Befragung beendet und ich konnte noch ein letztes Mal in dieser Landesklinik schlafen.

Am nächsten Tag begannen die Untersuchungen mit Reaktionserkennungs- und Farbtests. Ich bekam eine Unmenge von Bildtafeln und Fragen vorgelegt.

Um es kurz zu machen: Nachmittags war auch diese Sache vorbei und ich konnte mich auf den Heimweg machen.

Zu Hause angekommen teilte mir meine Frau mit, ich solle dringend in Köln – beim Hauptpersonalrat – anrufen.

Dort sagte man mir am Tag darauf, ich würde in den nächsten Tagen eine Rückabordnung von Belsdorf zum Kreis Kleinenkirchen-Heinersberg erhalten.

Aha, nun lag also mein aktives Gastspiel bei der Polizei des Landes Nordrhein-Westfalen in den letzten Zügen, das spürte ich.

Zunächst jedoch erholte ich mich von meinen Untersuchungen, ließ mich dienstunfähig schreiben und fuhr dann nach einer Woche zur Dienststelle Erkesdorf. Hier thronte mein spezieller Freund Strohhaupt, der mich auch gleich zusammenscheißen wollte. Ich übersah ihn einfach, worauf er mir wütend den dienstlichen Befehl gab, mich um meine Akten zu kümmern. Meine Akten waren eine Ansammlung kriminalpolizeilicher Herausforderungen: allesamt Fahrraddiebstähle...!
Nun wollte er auch noch meine Befähigung offen legen, indem er mir *Superfälle* zur Bearbeitung gab. Natürlich hatte er schon längst herausgefunden, dass meine Pension durch ihn nicht mehr aufzuhalten war und so wollte er zum letzten Mal seine Muskeln spielen lassen. Sein Versuch, mich bei der Untersuchung in Langenfeld als verrückt oder sonst irgendwie polizeidienstuntauglich deklarieren zu lassen, schlug leider fehl, das hatte ich inzwischen vom Polizeiarzt in Aachen erfahren. Demnach galt mein Aufenthalt in Langenfeld einem einzigen Grund: meinen IQ feststellen zu lassen.

Wie muss sich doch Strohhaupt in den Allerwertesten gebissen haben, als er vom Ergebnis der Untersuchung erfuhr. Der Wert meines IQ lag bei 128 – also nicht gerade wenig und etwas über dem Durchschnitt liegend.

Das sollte nun aber Strohhaupts letzter Versuch sein, mich aus dem Dienst entfernen zu lassen. Seine Fahrraddiebstähle konnte er meinetwegen selbst aufklären. Ich meldete mich krank und blieb fortan zu Hause ... jedoch nicht, ohne meinem fürsorglichen Chef für seine Stolpersteine zu danken.

Einmal musste ich noch zur polizeiärztlichen Dienststelle, um mich einer Schlussuntersuchung zu unterziehen, denn schließlich sollte meine Frühpensionierung wasserdicht gemacht und beamtenrechtlich hieb- und stichfest dokumentiert werden.

Nach ein paar Wochen, Anfang Mai 1978, wurde ich dann zu einer kleinen Verabschiedungsfeier in Erkesdorf eingeladen und vom Oberkreisdirektor unter Überreichung der Pensionsurkunde in den *wohlverdienten Ruhestand* geschickt. Ich war 32 Jahre alt und der jüngst pensionierte Kriminalbeamte Nordrhein-Westfalens.

In der schriftlichen Begründung waren als frühzeitige Zuruhsetzungsgründe mittelgradige Fettleibigkeit und Herzstenokardien angegeben.

Nun war es also vollbracht. Ich war raus aus der Tretmühle und kam mir dabei – zumindest nach einer geraumen Zeit – schon recht orientierungslos vor. Nach etwas mehr als 14 Jahren, mehr oder weniger Lehr- und Lernjahre, war ich am Ende meiner Kriminalkarriere angekommen, wobei meine letzten Jahre von Spießrutenlaufen und einer verstärkten Dünnhäutigkeit geprägt waren.

In meiner noch aktiven Zeit hatte ich stets schon bereits entworfene Pläne zur Hand, wenn es mal knüppeldick kommen sollte, doch jetzt suchte ich vergebens nach Haltegriffen, um mich an ein bestimmtes Ziel zu hangeln. Die eigentlichen Lebensprobleme hatte ich doch nur gestreift; ausleben durfte ich sie nicht. Mein Erwachsen sein wurde in der falschen Reihenfolge meiner Vita eingegliedert.

Zunächst musste ich mich um unsere finanzielle Sicherheit kümmern und gründete schon bald eine Detektei in meinem Haus, richtete ein Zimmer als Büro ein und bot meine Dienste als Privatdetektiv an. Zunächst lief unser Geschäft auch sehr gut. Ich fahndete im Auftrag meiner Kunden nach Schwarzarbeitern, unternahm Kurierfahrten für Klienten, denen die Deutsche Bundespost zu unsicher war, und ermittelte auch schon mal in Ehebruchfällen und Diebstählen – eigentlich die gesamte Privatdetektivpalette.

Schon nach mehreren Monaten erweiterte ich mein Geschäft. Ich bot Alarmanlagen zum Kauf und Installation an, erwarb eine Personen- und Objektschutzlizenz, kaufte eine UKW-Funkzentrale sowie mobile Funkgeräte (die ich in meine zwei Dienstwagen einbaute) und stellte wegen des immer stärkeren Arbeitsaufwands zwei Mitarbeiter ein. Mithin standen alle (äußeren) Zeichen auf Hoffnung und *neue Zielorientierung.*

Das Zimmer in unserem Haus wurde bald zu klein und ich pachtete mir einen Bürotrakt in Heinersberg. Mein Geschäft brummte, so dass es fast so schien, als würde ich mein Leben eines Tages in der Provinz beenden.
Aber ich hätte es eigentlich ahnen müssen: Meine/unsere zweite Existenz ging schon bald den Bach runter.
In meinem Büro lagerte neu gelieferte Kommissionsware (Alarmanlagen) im Gesamtwert von etwa 100.000 DM, die ich am nächsten Tage versichern wollte. Dazu kam ich aber nicht mehr, denn am nächsten Tag wurde ich von Feuerwehrmännern in meinem Haus geweckt, die mir von einem Brand in meinem Büro berichteten. Noch schlaftrunken wankte ich in mein Auto und fuhr dorthin. Dicker Rauch drang aus dem Trakt, so dass ich auf Anhieb die Totalzerstörung meines Büros erkannte. Wie sich später – nach der Branduntersuchung – herausstellte, handelte es sich um Brandstiftung, wobei Vergaserbenzin als Brandbeschleuniger benutzt wurde.
Obwohl ich nicht versichert war, richtete sich der Verdacht wegen Brandstiftung gegen mich und ich wurde als Beschuldigter vernommen.

Ich erhielt eine Vorladung zur Vernehmung nach Erkesdorf und wurde als Tatverdächtiger zur Sache gehört. Der sachbearbeitende Beamte, Herr Polizeiobermeister Altmann im Kriminaldienst, war mir schon aus der Kleinenkirchener Kriminalzeit bekannt. Er vernahm mich etwas lustlos und glaubte offenbar selbst nicht an meine Schuld. Mithin formulierte er nur die Frage:

„Hast du dein Büro angesteckt?"

Ich sagte brav:

„Nein", und die Akte wurde geschlossen.

Ich sah Strohhaupt nicht an diesem Tag im Erkesdorfer Dienstgebäude. Ich bin bis heute außerstande, Herrn Strohhaupt die Brandstiftung nachzuweisen; aber was für ein Wunder: Zeugen konnte ich nicht auftreiben. Ich kann da hin und her rätseln, was Strohhaupt wirklich gewollt hat:

Hat ihm mein finanzieller Ruin und sein vermeintlicher Gnadenstoß genügt, um sich zumindest an meiner Pleite zu befriedigen oder aber glaubte er, mich aus seinem Beritt vertrieben zu haben?

Ich kehrte also wiederum die Überreste meiner Existenz zusammen und stand überdies noch vor einem riesigen Schuldenberg, denn die Kommissionsware musste schließlich bezahlt werden. Meine Ehe war schon lange angeknackst und ging jetzt endgültig ihrem Ende entgegen. Von meinen Kindern hatte ich mich

in den vergangenen Jahren, fast von mir un-
bemerkt, mehr und mehr gedanklich getrennt,
zu sehr erdrückten mich die Kämpfe um meine
Existenz. Das war jetzt ganz schlimm ... und
eigentlich wollte ich bloß noch in einen ewigen,
barmherzigen Schlaf fallen.

Das war alles schon sehr eigenartig. Da lebte
ich inmitten einer Befreiung von Muff und an-
tiquiertem Trott, schrieb in all den Jahren meine Lyrik von Liebe, Hoffnung und ... *es geht
schon weiter* ... baute meiner Familie ein un-
einnehmbares Haus, kämpfte aus Überzeugung
gegen Exekutivmissbrauch und ließ mich auch
nicht von Rückschlägen abhalten. Eine leider
blauäugige Sicht.

Jetzt waren wir also ganz unten angekommen
und mit einem Schlag sollte unser/mein Leben
enden? In der Folgezeit war der Gerichtsvollzie-
her unserer ständiger Gast und unser Haus
war schon lange in Gefahr. Für meinen unmit-
telbaren Nachbarn, einen uniformierten Büttel,
kam jetzt eine Zeit der Schadenfreude. Seine
Frau arbeitete beim Amtsgericht Heinersberg
und erhielt amtlich Kenntnis von der bevorste-
henden Versteigerung meines Hauses.
Sie missbrauchte ihre Amtskenntnis und sorgte
dafür, dass in den regionalen Zeitungen unter
„Versteigerungen" mein Haus und unser Name
erwähnt wurden. Sie hatte es sogar geschafft,
meinen Beruf nennen zu lassen. Das war dann

wohl der totale Kick für diese Kleingeister. Unser Haus jedoch kam nicht unter den Hammer, wir haben es noch mit Ach und Krach auf dem Immobilienmarkt verkaufen können.

Mich hielt nun nichts mehr in der Heinersberger Gegend und ich zog wieder in die Nähe meiner kölschen Heimat: nach Gummersbach. Unsere Ehe wurde geschieden und wir heirateten unsere – inzwischen neuen – Lebenspartner. Mein oberbergisches Land zeigte sich mir so herzerfrischend und lebendig, so dass ich langsam, zusammen mit meiner zweiten Frau, wieder durchatmen konnte.

Obwohl ich noch unbewältigte Restbestände meines Lebens mit mir herumtrug, versuchte ich, so etwas wie eine unbelastete Lebensgemeinschaft herzustellen Edith, meine Frau, wusste um meine Vergangenheit und versuchte, mich wieder so einigermaßen senkrecht zu halten.

Im Jahre 1987 begann ich damit, meine Polizeierlebnisse aufzuschreiben. Im Grunde ein nochmaliges Durchleben meiner Niederlagen. Immer wieder versuchte ich mich während des Schreibens – so fair ich es vermochte – an dem tatsächlich Erlebten zu orientieren. Das war insofern ungleich schwer, als ich mich täglich an Strohhaupts Machenschaften erinnert fühlte; immer noch und auch immer noch durchleidend.

Zwischendurch wandte ich mich an den Innenminister des Landes Nordrhein-Westfalen, um wieder eingestellt zu werden. Aber ich glaubte selbst nicht so recht daran, obwohl ich ihm die Umstände meiner Frühpensionierung schilderte.

Der Verwaltungsakt sei abgeschlossen, so hieß es. Ich war nur noch eine Akte, ein Alimentationsvorgang. Halt jemand, der sich freiwillig sein Rückgrat hat verkrüppeln lassen.

Es habe alles seine Richtigkeit und ein DO (Disziplinarverfahren) sei nicht weiter verfolgt bzw. eingestellt worden.

Von einem Disziplinarverfahren wusste ich zu diesem Zeitpunkt noch nichts. Jetzt war mir klar, dass mir Strohhaupt noch zum Schluss ein *Ei* in die Personalakte gelegt hatte, um mir so die Möglichkeit einer Wiedereinstellung zu verbauen.

Danach stellte ich meine Bemühungen ein. Einfach aus der Erkenntnis, keine Riesenräder den Berg hinaufrollen zu können.

Ich zahlte selbstverständlich Unterhaltsgelder für meine Kinder und auch noch teilweise für meine Ex-Frau, stotterte auch meine enormen Schulden ab und glaubte eigentlich gar nicht mehr daran, jemals einen Fuß auf den Boden zu bekommen. Meine Pension ging alleine für fixe Lebenskosten drauf. Die Gelder für Schuldenabzahlungen erarbeite ich mir durch zig Nebenjobs: Ich war Blumenverkäufer, Nachtwächter, Journalist (z.B. für den Kölner Stadt-

Anzeiger und die Katholische Kirchenzeitung), Großküchenverkäufer, Musiker, Schwerlastregalmonteur, Ladenbaumonteur, Anzeigenwerber, Propagandist, Messeverkäufer, Anstreicher und Tapezierer, Teppichbodenverleger, Kellner, Detektiv, Koch, Fenster- und Markisenbauer, Punktschweißer und FORD-Mitarbeiter.

Während meiner Nebentätigkeit als Nachtwächter fuhr ich nachtsüber mit einem kleinen Funkstreifenwagen (Renault 4) durch den Südteil des Oberbergischen Kreises und kontrollierte vornehmlich Industrieobjekte. Während so einer Dienstnacht – gegen 23.00 Uhr – wollte mich ein Freund aus Kleinenkirchen-Heinersberg (ein Getränkehändler) besuchen, der geschäftlich in Wuppertal unterwegs war. Da ich auf Streifentour war, setzte sich meine Frau in den Wagen meines Freundes und beide hofften, mich auf meiner Streifenfahrt anzutreffen.

So weit kam es jedoch nicht mehr; denn zwei übereifrige Polizeibeamte hielten meinen Freund und meine Frau an, bedeuteten ihnen, sich mit gespreizten Beinen vors Wagendach zu stellen und sofort das Sprechen einzustellen. Angeblich sei an diesem Abend ein Einbruch in einen Getränkeladen erfolgt, wobei mehrere Flaschen Wein entwendet worden wären.

Da mein Freund aus beruflichen Gründen stets Getränke in seinem Auto mit sich führte, so hatte er auch an diesem Abend einige Kisten Wasser, Bier u. a. an Bord. Wein war jedoch nicht dabei. Eigentlich seltsam, dass man ausgerechnet den Pkw meines Freundes angehalten hatte. Ich glaube bis heute nicht an einen Zufall.

Die zwei tumben Polizeibeamten fuchtelten mit ihren Pistolen in der Gegend herum, legten meinem Freund Handfesseln an und brachten ihn ins Polizeigewahrsam auf die Gummersbacher Polizeiwache. Nach irgendwelchen Telefonaten stellte sich (natürlich) heraus, dass mein Freund nicht das Geringste mit diesem Diebstahl zu tun hatte.

Trotzdem behielten sie ihn bis zum Morgengrauen im Polizeigewahrsam, setzten meine Frau in den Streifenwagen und fuhren mit ihr zu unserer Wohnung. Dort drangen sie sofort und ohne dafür auch nur den geringsten Grund zu haben, bzw. rechtliche Handhabe, gegen den Widerstand meiner Frau ein und durchsuchten unsere sämtlichen Räume. Dabei äußerte einer der Büttel:

„Wenn wir hier Wein finden, dann sind Sie (meine Frau) dran."

Als ich am frühen Morgen von meiner Streifenrunde nach Hause kam, erzählte mir meine Frau von den unglaublichen Vorkommnissen.

Da ich aktiv in diesem Moment nichts mehr dagegen unternehmen konnte, schrieb ich sofort eine Dienstaufsichtsbeschwerde und erstattete eine Anzeige bei der Staatsanwaltschaft wegen Hausfriedensbruchs und Körperverletzung im Amte in Köln.

Obwohl hier eine klassische Straftat im Amte sowie eine glasklare Grundrechtsverletzung vorlag, wies man aufgrund der Einlassungen der Polizeibeamten die Dienstaufsichtsbeschwerde ab und stellte zu allem Überfluss auch noch seitens der Staatsanwaltschaft die Ermittlungen gegen die beiden Polizeistraftäter ein.

Die verlogenen Aussagen der beiden Beamten (ein hanebüchenes Herausreden) habe ich hier noch vorliegen, ebenso das Aktenzeichen der Staatsanwaltschaft in Köln.

Nach Angaben der Polizeibeamten habe meine Frau freiwillig der Durchsuchung zugestimmt – ja, sie förmlich darum gebeten. Deshalb war sie wohl auch so aufgelöst und einfach fix und fertig, als sie mir von den *Maßnahmen* der Beamten erzählt hat!?

Die Durchsuchung war schon deshalb Grundrecht verletzend, weil ein Verdacht gegen mich und meine Frau durch die Aussagen des Geschädigten nicht – oder nicht mehr – bestand. Eine Gefahr im Verzuge bestand ohnehin nicht. Ein Durchsuchungsbeschluss wurde auch nicht ausgestellt, wobei der abstruse Verdacht ohnehin konstruiert war.

Sicherlich hatte man (ob Strohhaupt dahinter steckte, weiß ich nicht, ich kann es nur mutmaßen) meinen Freund observiert, um an mich *ranzukommen*; es kamen einfach zu viele Zufälle zusammen:

1. Da wurde zufällig mein Freund nachtsüber kontrolliert und sein Auto durchsucht.
2. Meine Wohnung wurde durchsucht, ohne dass hierfür die geringste rechtliche Begründung bestand.
3. Die Polizeibeamten wussten genau, dass ich zu dieser Zeit unterwegs war.
4. Die Beamten waren (sind) entweder so dämlich oder aber sie waren sich ihrer Sache so sicher, weil sie von oben gedeckt wurden. Und hier hatte (und habe) ich den Verdacht eines Büttel-Netzwerks.

Viel zu schnell, unkritisch und nassforsch stellte sich der Vorgesetzte hinter seine willfährigen, grünen Handlanger. Aber auch hier galt mal wieder der Grundsatz: Eine Krähe kratzt der anderen kein Auge aus.

Dagegen wehren konnte ich mich nicht, weil die Staatsanwaltschaft durch die Einstellung der Ermittlungen eine Hauptverhandlung blockiert hatte. So einfach kann das manchmal sein!!!

Was macht es schon, wenn der unbescholtene Bürger mal ab und zu ins Messer läuft? Ich frage mal ganz unbedarft? Wie soll denn ein Bürger Vertrauen zur Polizei haben, wenn (wie im geschilderten Fall) zwei bewaffnete, aber dumm-gefährliche Beamte noch nicht einmal die geringsten Kenntnisse vom Straf- und Strafprozessrecht (und vor allem vom Grundrecht) haben?

Wie ich zu Anfang meines Buches schon erwähnte: Gesetzesunkenntnis wird elegant durch die Pistole ersetzt.

Inzwischen bin ich ganz einfach zu stoisch-ruhig geworden, um mich von diesen grünen Quälgeistern und Wadenbeißern einschüchtern zu lassen.

Während ich die Hauptorte und Namen meiner Kollegen teilweise in diesem Buch verändert habe, so erwähne ich bewusst die Stadt Gummersbach. Einem Straf- oder Zivilprozess schaue ich neugierig entgegen. Meine Heimatstadt habe ich ganz nah und neu kennen gelernt.

Ich möchte sicherlich keine Wiederaufnahme meines *Falles* erreichen, weil es vielmehr um etwas anderes geht. Das wäre ja auch noch schöner, wenn nach der Veröffentlichung dieses Buches Staatsanwälte und Polizeibeamte plötzlich ihr Gerechtigkeitsempfinden oder ihren Gesetzesauftrag auf wundersame Weise entdecken würden.

Währenddessen werden weiterhin renitente Bürger physisch und psychisch geknüppelt und deren Grundrechte verletzt. Ich bezwecke mit diesem Buch, den Bürgern gegen die Willkür einzelner Polizeibeamter eine Hilfestellung zu geben – sie zu ermutigen, sich gegen offensichtliche Ungerechtigkeiten zu wehren und auch mal Widerworte zu geben.

Da gibt es den *Weißen Ring* – eine lobenswerte Einrichtung, die den Straftatenopfern hilft und sie psychisch und materiell unterstützt. Wer aber schützt den Bürger vor den charakterlichen Entgleisungen einzelner Polizeibeamter vor teilweise Existenz vernichtenden Straftaten im Amte?

Ich habe meinen 30-jährigen Kampf geschlagen; ob er nun gewonnen oder verloren wurde, das weiß ich nicht. Ich weiß nur, dass ich noch allmorgendlich in den Rasierspiegel schauen kann – ohne rot zu werden. Ganz entspannt erwarte ich weitere konstruierte Strafanzeigen gegen mich. Vielleicht diesmal wegen Völkermordes, Bankraubes oder Herstellung von Massenvernichtungswaffen. Nur zu, dann schreibe ich ein weiteres Buch darüber.

Ich will nun nicht von jedem Bürger erwarten, eben diesen Weg einzuschlagen. Ein ewig Gestriger bin ich bestimmt nicht, mein durchlebter Kampf gehört zu meinem aktuellen Leben. Er ist mein Eigentum und niemand hat daran herumzuwurschteln; ob nun kritisierend oder aber nur gut meinend. Meine Seelenschmerzen sind ein Teil meiner durchlittenen Geschichte – ein bisschen stolz bin ich schon darauf. Nein danke; ich brauche keinen Beifall von der falschen Seite.

In diesem Selbstverständnis erlaube ich mir, meine Meinung weiterhin ungeniert nach außen zu tragen.

Ich stelle hier ganz klar fest:

> *Der Großteil der Polizeibeamten verrichtet seine Arbeit pflichtbewusst, sensibel und verantwortlich – unabhängig vom Dienstgrad, sozialer Stellung oder politischer Einstellung. Insofern möchte ich auch nicht die Polizei unter Generalverdacht stellen.*
>
> *Licht jedoch bedingt nun einmal Schatten, und über diesen Schatten habe ich geschrieben und werde weiterhin darüber schreiben.*

Alles in allem lebte ich einigermaßen gut, ein Resignieren gab es für mich nicht. Wenn ich auch zunächst kein Bein mehr auf den finanziellen Boden bekam, so gelang es mir nach unendlich langer Zeit und mit eiserner Disziplin – auch mit Hilfe der Caritas-Schuldnerberatung in Gummersbach – wieder ins „normale" Leben zurückzukommen. Ich konnte mir ja nicht wie Rumpelstilzchen vor Wut ein Bein ausreißen, und ein ständiges Wehgeschrei hätte mir überdies auch nicht geholfen.

Da war ich schon besser beraten, ein Buch ü-
ber meinen Werdegang zu schreiben.

Für mich lag nicht nur – auch lange nach meiner Pensionierung – *ein* saurer Apfel bereit, in
den ich beißen musste. Nein, es war gleich ein
ganzer Korb gefüllt mit diesen Köstlichkeiten.
Auch meine zweite Ehe ging 1986 in die Brü-
che. Wir wussten beide nicht, warum.

Viele Grüße an Edith nach Wien.

Von nun an beschloss ich, alleine zu leben und
mich vor allem auf meine Lyrik zu konzentrie-
ren. Ich produzierte mit Freunden Musiktitel
verschiedener Richtungen in Tonstudios, hielt
Lesungen ab und landete nach jahrelangem
Lebensirrflug weich und sicher in meinem ge-
liebten Kölle.
Manchmal sitze ich ganz einfach stundenlang
an einem Fleck, betrachte mein Spiegelbild und
grinse nur schief, schneide Fratzen und rede
oder schweige eine Zeit lang alleine mit mir. An
den kölschen Feiertagen verkleiden Helke und
ich uns immer als Clowns und genießen „unser
Kölle vun unge".

Vor einigen Tagen bin ich 60 Jahre alt geworden und fühle mich so seltsam vital, als habe
es nie einen 30-jährigen Überlebenskampf gegeben.

Wenn Mother Universe es zulässt, dann möchte ich mein Leben hier im Sammelbecken der Gegensätze beenden: inmitten von Spinnern, Schwulen, Lesben, Karteikatholiken, progressiv-lutherischen Pfarrern, Klünglern, Schwaadlappen, Gauklern, Tagedieben, Musikern, Putschblasen, Komödianten und allen anderen liebenswerten Jecken.

Kein Buch entsteht ohne Hilfe, auch dieses nicht. Deshalb bedanke ich mich an dieser Stelle bei:

- *Hartmut Jülicher. Du hast mich wieder an mein Manuskript herangeführt und motiviert, es zu Ende zu bringen. Dir verdanke ich auch die kreative Umschlaggestaltung dieses Buchs.*

- *Sabine Dreyer, meiner Lektorin, die unermüdlich und geduldig an meinem Manuskript herumgefeilt und mich manchmal aus dem Wortdickicht herausgeholt und wieder auf die Füße gestellt hat.*

- *Thommy, meinem Sohn, Internetdesigner und Programmierer, danke ich herzlich für die Gestaltung meiner Homepage*
  www.wolfgang-hochhardt.de